일주일

트
리
플

8

T
R
I
P
L
E

최진영 소설

차례

일요일

나는 겁에 질려 있다. 왜냐하면.

이유 따위 붙일 필요 없는데도 나는 여전히 이유에 집착하고 있다. 왜냐하면.

왜냐하면.

사람들이 이유를 말하기 때문이다. 이유를 듣다 보면 결국 내 책임이다. 내가 이렇게 태어났기 때문이다. 사람의 삶이란 가치 있고 소중하다 믿고 열심히 내 인생을 살았기 때문이다. 그런데 그런가? 나의 삶은 가치 있나? 낡은 기계를 고치거나 교체하는 가격만큼? 나의 한 시간은 6500원도 안 된다. ……오르겠지, 내년에는. 1천 원 올리느냐 마느냐 같은 문제로 싸우다가 830원 정도 올리겠지. 그러면 '최저시급이 너무 비싸서 직원을 쓸 수가 없다'고 화를 내는 사람들이 뉴스에 나오고 '최저시급도 못 챙겨줄 정도로 장사가 안 되면 장사를 접어야 하는 거 아니냐'는 댓글이 달리고 '최저시급이 오르면 물가도 그만큼 오를 테니까 너무 급진적으로 올리는 건 위험하다고 생각합니다'라고 자기 의견을 말하는 사람 중 누군가는 연말에 200퍼센트 인센티브를 받겠지. 나처럼 계약서 없이 일하고 최저시급조차 받지 못하는 사람의 말은 어디에도 없을 것이다. 왜냐하면.

나는 노동자가 아니니까. 실습생이니까.
하지만 나는 노동을 한다.

일요일 밤 9시 38분. 퇴근하고 싶었다. 퇴근하면 잠을 자고 싶었다. 잠에서 깨면 오랜만에 민주에게 연

락하려고 했다. 여행 계획을 잡자고 말하고 싶었다. 부
산에 가고 싶었다. 텔레비전으로만 봤던 그 도시에 가
고 싶었다.

*

일요일에는 쉬는 사람이 많겠지. 늦잠이나 낮잠
을 자겠지. 비스듬히 누워 텔레비전을 보거나 영화관에
가겠지. 데이트를 하거나 피시방에 가거나, 저물 무렵이
면 가벼운 옷차림으로 동네를 산책하고…… 교회나 절
에 가는 사람도 있을 것이다. 나도 고등학교 입학 전까
지는 일요일마다 성당에 갔다. 민주와 도우를 만나기
위해서.

우리 세 사람은 성당 유치원에서 처음 만났다.
사실 유치원 다닐 때 기억은 거의 없으니까 도우와 민
주는 기억 이전부터 존재하는 사람들. 내게 그런 사람
은 가족 말고 도우와 민주뿐.

우리는 초등학교와 중학교도 같은 곳을 다녔다.
그런데도 9년 내내 같은 반이 되어본 적이 없다. 중학

교를 졸업하던 겨울날에는 꽝꽝 언 길을 걸으며 그것에 대해 심각한 대화를 나누기도 했다. 셋이 동시에 한 반이 되기는 어렵더라도 무려 9년 동안 두 사람 정도는 같은 반에 걸릴 수도 있는 거 아니냐. 근데 우리는 어째서 그럴 수 없었느냐. 도우가 우리 셋이 동시에 한 반이 될 수 있는 확률과 우리 중 두 사람이 한 반이 될 수 있는 확률을 각각 계산해보겠다고 했다. 아니, 확률 같은 건 중요한 게 아니라고 민주는 답답하다는 듯 대꾸했다. 어쨌든 우리가 같은 반이 된 적은 없으니 이것은 선생들의 음모가 확실하다고 덧붙이더니, 근데 선생들이 어째서 그런 음모를…… 심심했나, 많이 심심했던 걸까…… 말을 얼버무렸다. 그때 우리는 모든 이유에 '심심해서'를 붙일 수 있었다. 어떤 것에든 음모를 붙일 수 있었고 화제는 금세 바뀌곤 했다.

9년 동안 우리는 각자의 반에서 각자의 친구를 사귀었고 일요일에는 거의 의무처럼 성당에서 만나 오직 셋이서 놀았다. 연인들이 주말이면 습관처럼 같이 시간을 보내듯 우리는 그렇게 했다. 셋 중 누군가가 친척 집에 갔다거나 독감에 걸렸다는 이유로 성당에 나오지 않으면 남은 두 사람은 서로에게 짜증을 내다가 아무엇도 아닌 일로 싸웠다. 싸운 뒤 마음에 불이나 바위를 품고서 헤어졌다.

초등학생이었던 어느 일요일에는 도우도 민주도 성당에 나오지 않았다. 도우와 민주 말고도 미사에 빠진 아이들이 여럿이었다. 나는 그때 알았다. 많은 사람들이 비슷한 때에 여름휴가를 떠난다는 사실을. 미사 중에도 나는 자꾸 출입문을 돌아봤다. 미사가 끝난 뒤에는 교리실로 가지 않고 성당 마당에서 기다렸다. 싸울 사람이 없어서 나무를 발로 찼다. 나무는 꿈쩍도 하지 않았다. 개미 떼가 힘을 합쳐 조각난 곤충 시체 옮기는 걸 한참 보다가 일부러 침을 뱉었다. 파란 하늘엔 구름 한 점 없었고 바람은 불지 않았다. 기다리면 늦게라도 올 것 같았다.

어른들의 미사가 시작되었고 성가 소리가 울려퍼졌다. 미사에 늦은 어른이 성당 마당을 가로지르다가 나를 바라보며 꼬마야 거기서 뭐 하니, 왜 혼자 있니, 누굴 기다리니 묻더니 대답도 듣지 않고 바삐 계단을 올라갔다. 나는 벌떡 일어나 마당을 빠져나왔다. 배신당했다고 생각했고 화가 났다. 집에 도착하고는 분에 차서 울었다. 이후에도 그런 일은 여러 번 있었지만 배신감 같은 건 다시 갖지 않았다.

그때 우린 몇 살이었더라.

열여덟 살 어느 일요일, 배달 아르바이트를 하던 중에 문득 그때가 떠올랐다. 나는 부끄러워서 괜히 오토바이 경적을 울렸다. 자꾸 뒤를 돌아봤던 것, 나무를 발로 차고 침을 뱉은 것, 기다리면 올 거라는 생각, 배신당했다는 느낌, 붉은 얼굴을 무릎 사이에 묻고 울었던 것, 나만 알고 있는 그날의 모든 행동과 감정이 부끄러웠다. 한번 떠오른 기억은 좀처럼 지워지지 않았다. 이후에 혼자 있을 때면 나도 모르게 가만히 중얼거리곤 했다. 꼬마야 뭐 하니, 왜 혼자니, 거기서 누굴 기다리니. 중얼거리면 생생하게 떠올랐다. 그 여름의 더위, 일요일의 적막, 땀에 젖은 티셔츠의 목둘레선, 나라고 믿어지지 않는 어린이. 울고 있는 어린이를 계속 바라보면 어린이는 점점 '소'라는 글자에 겹쳐졌다. '소'를 닮은 어린이는 자라서 열아홉 살이 되었고 혼자 울 때 이제 나는 '서'라는 글자와 비슷한 것 같다.

내게 신앙심이 있었는지는 모르겠다. 사실 하느님 생각은 거의 하지 않았다. 뭘 어떻게 해달라고 기도한 기억도 없다. 주말이면 셋이 함께 치르는 고요한 의식이 좋았을 뿐. 그 시간을 기다렸고 함께할 수 있어서 안심했지. 그런 마음과 신앙심은 많이 다를까? 도우, 민주와 나란히 서서 기도문을 외우고 성가를 부르고 영성체를 하려고 제단을 향해 쪼르르 걸어가는 과정 속에서, 언제부터인가, 나는 위안 비슷한 감정을 느꼈다. 다행이고 좋다는 느낌은 위안 아닌가?

미사 중에도 특히 기다리던 시간이 있다. 미사 막바지에 '평화를 빕니다'라고 말하며 서로에게 목례하는 바로 그 시간. 우리는 쑥스러운 웃음을 감추지 않으며 목례를 나눴고 경쟁하듯 큰 소리로 서로의 평화를 빌었다. 평소 우리는 그런 식으로 목례를 나누는 사이가 아니었다. 소리 내어 서로의 평화를 비는 사이는 더욱 아니었지.

때로 고백성사도 했다. 나는 어른에게 말해도 괜찮은 잘못만 고백했고 어른에게 말할 수 없는 잘못은 민주와 도우에게 고백했다. 우리는 같이 잘못을 저지르기도 했다. 이를테면 이런 것들.

　일요일이면 우리는 각자의 헌금을 하나로 모아 4등분했다. 3만큼을 셋이 나눠서 헌금하고 나머지 1로 아이스크림을 사 먹었다.

　거의 죽어가는 매미를 완전히 죽이고 장례를 치르겠다며 성당 화단을 헤집어놓고는 도망친 적도 있다.

　온갖 곤충을 죽였지만 달팽이는 절대 죽이지 않았다. 민주가 달팽이를 좋아했으니까.

　집에서 라이터를 훔쳐 와 성당 구석의 소각장에서 학습지를 불태운 다음 학습지가 없어져서 숙제를 못 했다고 거짓말을 한 적도 있다.

　경쟁하듯 부모님 욕을 하면서 길바닥의 민들레 홀씨를 보이는 대로 찼다.

　누군가가 가출하자고 말했고 바로 그 말을 기다렸다는 듯 우리는 진지하게 가출 계획을 세웠다(너무 심심했기 때문이다). 각자 집에서 돈을 훔쳐 나오자. 돈이 떨어지면 병을 주워 팔자. 절에 가면 공짜로 밥을 준다더라. 서울에 가서 연예인을 보자. 연예인에게 사인을 받자. 그리고? 애들한테 자랑해야지. 넌 누구 사인 받고 싶은데? 당연 박지성이지. 야, 박지성이 연예인이냐. 또 박지성은 지금 영국에 있잖아. 그럼 영국으로 가자. 우리의 가출 계획은 계속 길을 잃었다. 배가 고파서 각자 집으로 돌아가기 전에 우리는 약속했다. 집에 가서 일단 밥을 먹고 돈을 훔쳐서 나오자고.

성당의 축구공을 셋이서 뻥뻥 차다가 커다란 트럭 밑으로 공이 굴러 들어간 적도 있다. 우리는 수차례 트럭 밑으로 기어 들어가 공을 꺼내려고 시도했지만 실패했다. 공을 그대로 두었다가 트럭이 움직여 공이 터지고, 공이 터져서 트럭도 터지면 어떡하지, 트럭이 터져서 옆의 차들도 다 터져버리면 어떡하지 따위의 걱정을 나누다가 우리는 모든 걸 비밀에 묻기로 했다.

그땐 그런 비밀들이 엄청난 잘못이라고 생각했는데 지금은 잘 모르겠어. 그런 게 잘못일 수 있나? 누가 먼저 헌금을 뺑땅 치자고 했는지, 라이터를 가져왔는지, 불을 붙였는지, 매미의 날개를 뜯었는지, 누가 찬 공이 트럭 밑으로 들어갔는지 전혀 기억나지 않는다. 우리가 함께일 때 일어나는 사고는 '우리의 잘못'이었다. '누구의 잘못'이란 없었다. 셋이 놀다가 생긴 상처 역시 비밀이었다. 흔하게 살이 까지고 멍이 들었다. 어깨뼈에 금이 가고, 오른쪽 관자놀이부터 뺨까지 붉은 상처가 생기고, 팔뚝에 화상을 입어 진물이 흐를 때, 부모님이 어쩌다 그랬느냐고 물어도 우리는 사실대로 대답하지 않았다.

중학생이 되면서부터 우리의 일요일은 약간 달라졌다. 미사가 끝나면 도우는 우리와 잠깐 놀다가 과외를 받으러 가야 했다. 사람들은 도우 아버지와 어머니를 교수님이라고 불렀다. 도우는 우리 중 가장 먼저 핸드폰을 가졌다. 도우는 용돈을 따로 받지 않았고 어른들이 쓰는 카드를 들고 다녔다. 도우는 부모님에게 뭘 사달라고 말할 필요가 없었다. 성적이 떨어지면 카드를 뺏길 수도 있다고 했고, 도우는 카드를 뺏긴 적이 없다. 중학교 3학년 때는 전교생 중 도우를 모르는 아이가 거의 없었다. 도우는 공부도 잘하고 랩도 잘하고 바이올린 연주도 잘했다. 어떤 아이들은 도우를 연예인처럼 대했다. 누군가는 도우에 관해 나쁜 소문을 지어내기도 했다. 술과 담배와 일진과 도둑질 같은 단어가 들어가는 소문들. 도우는 그런 소문을 신경 쓰지 않았다. 도우는 성적만 신경 썼다. 카드를 뺏길까 봐 겁내는 건 아니었고, 자존심 문제라고 말한 적이 있었다. 성적이 떨어져도 부모님은 절대 카드를 빼앗지 않을 거라고 도우는 말했다.

　　엄마아빠는 자기들이 공부를 잘했으니까 공부 못하는 사람을 이해하지 못해. 말을 단번에 알아듣지 못하는 사람, 자기들이 다시 설명해야 하는 상황, 자기와 다르게 생각하는 사람을 견디지 못해. 공부를 하는데도 어떻게 성적이 나쁠 수 있느냐고 말하지. 카드 따위는 뺏을 필요도 없어. 이해할 수 없다는 눈빛으로 나를 쳐다보기만 하면 돼. 비난하거나 야단치는 눈빛이 아니야. 정말 나를 이해하지 못하겠다는 아주 순수한 눈빛이야. 그러면 나는 게으르고 비겁한 거짓말쟁이가 된 것만 같고 부모님과는 완전 다른 종족인 것만 같고.

　　도우는 외국의 대학교에서 공부한 다음에 외국 대학교의 교수가 될 거라고 했다. 서른 살이 되기 전에 그 모든 걸 다 해낼 거라고 했다.

　　그러면 이긴 것 같을 거야.

　　도우는 이기고 싶어 했다. 도우의 라이벌은 동급생이 아니라 이미 성공한 부모님이었다. 성공한 자리에서 이해할 수 없다는 눈빛으로 자기를 내려다보는 부모님과 자존심을 걸고 싸우던 도우. 도우에게 공부는 노동이었다. 정말 그렇게 보였다. 도우는 매일 특근과

야근을 했다. 도우는 필사적으로 자존심을 지켰지만 부모님은 도우의 자존심을 알지도 못했다.

유치한 짓을 비웃고 의젓함을 추구하는 중학생이 된 다음부터는 미사가 끝난 뒤 도우가 먼저 떠나고 민주와 나 둘만 남아도 우리는 싸우지 않았다. 우리는 피시방에 가거나 농구를 하거나 자전거를 탔다. 셋이 하던 걸 둘이서만 하니 재미가 덜했다.

불공평하지 않아?

어느 일요일, 자전거를 타고 강변을 달리다가 민주가 소리 지르듯 말했다. 나는 아이큐가 100이 조금 넘는데, 도우는 아이큐가 130이 넘어. 야, 근데 너는 아이큐가 몇이냐고 물어서 나는 모른다고 거짓말했다. 아무튼 도우는 아이큐도 높고 집도 부자니까 전부 과외 붙여주잖아. 영어는 회화랑 문법이랑 과외 따로 붙는 거 너도 아냐? 도우 바이올린 5천만 원 넘는 거 너도 아냐? 도우는 분명 서열 높은 대학에 갈 것이고 교수든 박사든 돼서 계속 부자로 살겠지. 아이큐도 타고나는 거고 부자도 타고나는 거고 말하자면 타고나는 것으로 성적은 나오는데 도우 같은 애랑 나 같은 애랑 경쟁이 되

겠느냐, 거기 어디에 노력이 들어갈 구석이 있느냐, 그
깟 노력을 해봤자 얼마나 소용이 있겠느냐, 아무튼 불
공평한데 어떻게 학생의 할 일은 공부뿐이냐고 민주는
말했다. 화가 나서 하는 말처럼 들리지는 않았다. 체념
하는 것만 같았다.

민주도 열심히 공부했다. 학원도 빠지지 않았
다. 민주는 늘 사고 싶은 옷이나 가방이나 신발이 있었
다. 리미티드 에디션에 열광했고 그런 정보를 누구보다
빨리 알았다. 부모님이 정한 점수에 닿으면 민주는 그
것들을 가질 수 있었다.

나는 내가 전셋집에 산다는 걸 알았다. 민주의
신발과 가방 가격도 대충 알았다. 도우의 한 달 과외비
가 얼마인지는 몰랐다. 담임은 내게 관심 없었다. 선생
님들은 선행학습을 한 아이들 위주로 수업했다. 나도
시험 기간이면 잠자는 시간을 줄이고 공부했지만, 성적
을 조건으로 부모님에게 뭔가를 사달라고 말해본 적은
없다. 1등을 하고 싶은 적도 없었다. 어서 돈을 벌고 싶
었다. 부모님에게 용돈을 주고 싶었다. 내 돈으로 내가
살고 싶었다. 돈을 모아서 세계를 여행하고 싶었다. 서
른 살 되기 전에 그 모든 걸 다 해내고 싶었다. 나 역시

노력이 전부라고 생각하지는 않았다. 아무튼 불공평하다는 생각도 했다. 그런 생각은 계기도 각성도 없이, 우리 셋이 함께 미사를 드릴 수 있어서 다행이라는 위안을 얻게 된 것과 마찬가지로, 알 수 없는 언젠가 스며들었다. '다르다'와 '불공평'은 얼마나 다른 단어일까. '불공평'과 '평화'는 어떻게 다른 단어일까.

그러나 일요일에는 서로의 평화를 빌 수 있었다. 장난스럽게 목례하면서도 나는 도우와 민주의 평화를 진심으로 빌었다. 도우와 민주도 그랬을 것이다. 진심이었을 것이다.

*

들을 때는 몰랐지만 나중에 떠올리고는 그건 정말 말도 안 되는 이야기 아니었던가, 뒤늦게 깨닫는 경우가 있다. 이를테면 이런 이야기.

전쟁 끝나고 도우의 할머니는 집에서 만든 옷을 시장에 내다 팔기 시작했다. 장사가 잘되어서 가게를 차렸고 불어난 재산은 땅과 건물을 낳기 시작했다. 할머니가 벌어놓은 재산을 할아버지가 사기와 도박으로 두 번이나 거덜 냈지만 할머니는 망하지 않았다. 도우 아버지는 어른이 되어서도 돈 걱정 없이 공부를 계속해서 교수가 되었다.

어릴 적 도우에게 그런 얘길 들었을 때는 별생각 없었겠지. 헐, 정말? 니네 할머니 끝내준다! 그렇게 대꾸하고 또 다른 이야기로 넘어갔겠지. 얼마 전 야근을 하던 중에 느닷없이 그 이야기가 떠올랐는데, 나는 나의 기억을 의심했다. 집에서 만든 옷을 팔아서 가게를 차리고 집을 산다는 게, 재산을 두 번이나 날렸는데도 망하지 않았다는 게 말이 되나……. 그러니까 집에서 옷을 열심히 만들어서 시장에 내다 팔면 부자가 될 수 있었다는 건…… 호랑이가 사람 목소리를 냈다거나 아기 돼지가 벽돌집을 지었다는 이야기보다 더 말이 안 되는 이야기 같았다. 도우가 전해준 조부모 이야기에는 생략된 부분이 많을 것이다. 도우도 나도 이해할 수 없어서 생략할 수밖에 없는 부분들. 덩달아 민주 부모님 이야기도 떠올랐다. 민주의 엄마아빠는 시청에서 일했다. 그들이 젊었을 적에는 공무원 되기가 지금처럼 어렵지 않았다고 했다. 경쟁률도 전혀 높지 않았고 시험을 보면 대체로 붙었다고. 고졸이든 대졸이든 취업은 어렵지 않았고, 놀랍게도, 월급만 모아도 집을 살 수 있었다고 했다.

나의 할아버지와 할머니는 땅콩 농사를 지었다. 땅콩을 내다 팔았지만 도우 할머니 경우처럼 땅콩이 가게를 낳고 가게가 땅을 낳고…… 그렇게 되지는 않았다. 아버지와 엄마는 빵 공장에서 만나 결혼했다. 내가 열 살 때 부모님은 식당을 차렸다. 엄마는 음식을 만들고 아버지는 배달을 했다. 장사는 잘 안 됐다. 식당을 정리한 뒤 아버지는 버스 회사에 들어갔고 엄마는 마트에 취직했다. 부모님이 함께 쉬는 일요일은 거의 없었다. 같이 일하는 사람들과 쉬는 날을 나눠 써야 했으므로 일요일에 근무하고 평일에 쉴 때가 훨씬 많았다. 두 사람은 성실하게 일했고 부자는 되지 않았고 아픈 곳이 자꾸 생겼다. 아버지는 무릎을 수술했고 엄마는 어깨에 석회가 생겨 수술했다. 아버지는 통풍, 엄마는 허리 디스크 때문에 주기적으로 병원에 갔다. 이런 이야기는 전혀 이상하지 않다. 들을 때도 놀랍지 않고 나중에 갑자기 깨닫게 될 것도 없다. 많은 부분이 생략되었지만 듣지 않아도 짐작 가능하다. 그런데 아버지는 '세상 살기 좋아졌다'는 말을 자주 했다. 너무 자주 해서 때로는 말과 말 사이에 집어넣는 욕처럼 들렸다. 아버지도 그 뜻을 모르고 중얼거리는 것만 같았다. 아버지의 습관 같은 말은 대충 다음과 같다.

세상이 좋아지고 사는 게 편해져서 젊은 사람들이 힘든 일은 안 하고 쉽게 돈 벌려고 하니까 나라 경제는 점점 안 좋아지고…….

언젠가 엄마는 크게 신경질을 내며 이렇게 대꾸했다. 덜 힘든 일이랑 더 힘든 일이 있으면 당연히 덜 힘든 일을 선택하지. 젊은 애들이어서 그런 게 아니라 사람은 다 그런 건데 뭘 젊은 애들 탓을 해. 당신은 그랬어? 나라 경제 생각해서 힘든 일만 골라 했어? 나라 사정 안 좋은 것까지 어째서 애들 탓을 해. 이제 막 시작하는 애들이 뭔 죄가 있다고.

그리고 엄마는 내게 말했다. 남의 돈 받아서 먹고사는 일은 원래 다 힘들다고. 그러니까 중간에 포기해버릇하면 이도 저도 안 된다고. 무슨 일이든 다 힘들다고 생각하면 못 버틸 일이 없다고. 나의 엄마는 일요일에도 쉬지 않고 일하지만 도우 아버지보다 월급이 많을 리 없다. 왜냐하면 도우 아버지가 공부를 더 많이 했기 때문에. 도우 아버지가 공부를 많이 할 수 있었던 이유는 도우 할머니가 집에서 옷을 만들어 시장에 나가 팔았더니…… 그런 생각을 하다 보면 정신이 까마득해진다. 아버지가 젊은 애였던 시절은 좋은 세상이 아니었던가? 집에서 만든 옷을 시장에 내다 팔아 부자가 될 수 있었다는 더 먼 옛날은? 세상은 평평하지 않고 울퉁불퉁하다. 누구는 웅덩이에 있고 누구는 언덕에 있다. 각자 다른 세상에서 어쨌든 노력하며 아무튼 불공평하게 살고 있다. 그러니 제발 세상이 좋아졌다느니 젊은 애들이 문제라느니 그런 말은 하지 않으면 좋겠어.

*

중학교 3학년 때 민주의 관심은 온통 춤이었다. 민주는 서 있을 때에도 걸을 때에도 계속 관절을 꺾고 웨이브를 했다. 도우는 인형 뽑기와 카페인 음료에, 나는 축구에 빠져 있었다. 와이파이만 잡히면 핸드폰으로 라리가와 프리미어리그 영상을 찾아 봤고 밤마다 공을 찼다. 하루라도 공을 차지 않으면 불길한 느낌 때문에 잠을 자지 못했다.

우리는 더 이상 성당 마당에서 놀지 않았다. 미사 시간에도 핸드폰을 보며 딴짓을 했다. 그래도 영성체를 하고 서로의 평화를 빌었다. 도우와 민주에게는 핑계가 필요했다. 일요일 아침마다 집에서 나올 수 있는 핑계. 도우 엄마와 민주 엄마는 서로를 젬마와 마리아라고 불렀다. 나의 엄마에게는 세례명이 없었고 내겐 핑계가 필요 없었다.

중학교를 졸업하던 해 2월의 마지막 일요일, 미사를 마치자마자 성당을 빠져나왔다.

피시방 가자.

민주의 제안에 도우가 대답했다.

조금 있다 집에 가야 돼. 기숙사로 짐 옮기기로 했어.

우리는 편의점으로 갔다. 도우는 작은 바구니에 햄버거와 삼각김밥과 조각 피자와 소시지와 컵라면과 카페인 음료와 빵을 가득 담았다. 도우 부모님은 도우가 그러는 것(비닐이나 플라스틱에 포장된 음식을 공용 전자레인지에 데워 먹는 것)을 싫어했다. 하지만 도우는 우리와 그러는 것을 좋아했다. 햄버거와 김밥과 피자를 전자레인지에 데우고 컵라면에 뜨거운 물을 부어서 편의점을 나왔다.

    편의점 옆에는 간이 탁자와 의자와 인형 뽑기 기
계가 있었다. 나는 의자에 앉아 나무젓가락을 쥔 손으로
컵라면 뚜껑이 들뜨지 않게끔 살짝 눌렀다. 민주는 선
채로 햄버거를 먹으며 몸을 계속 움직였다. 도우는 삼각
김밥의 비닐 포장을 뜯다가 잠깐 나를 보더니 다시 편의
점으로 들어갔다. 도우는 작은 단무지 팩을 사 들고 나
와서 테이블 위에 올려놨다. 나는 라면과 단무지를 같이
먹는 걸 좋아했고 도우는 그런 나를 알았다.

    이거 뭐.

    '고맙다'는 뜻이었다.

    뭐긴 뭐야.

    '별말을 다 하네'란 뜻이었다.

    나는 컵라면 뚜껑을 열고 나무젓가락을 갈랐다.
민주도 몸을 흐느적거리면서 나무젓가락을 갈랐다. 도
우는 양볼 가득 삼각김밥을 넣고 우적우적 씹으며 인
형 뽑기 기계 앞에 섰다. 도우는 스틱을 조정했다. 도우
는 세 번 연속 실패했다. 도우는 기계에 다시 지폐를 넣
었다.

    우리는 뿔뿔이 흩어질 예정이었다. 도우는 외국

어고, 민주는 일반계고, 나는 특성화고를 지원했다. 민주는 춤과 패션을 좋아하지만 앞으로 또 무엇을 좋아하게 될지 알 수 없으므로, 도우는 부모님을 이기고 싶으니까, 나는 하루라도 빨리 돈을 벌고 싶어서 그렇게 각자의 길을 선택했다. 우리는 다른 교복을 입게 된다. 교복만으로, 우리를 보는 사람들의 시선은 달라질 것이다. 어릴 때 우리는 일요일마다 비밀을 만들었다. 우리는 비슷한 이유로 웃고 겁내고 거짓말했다. 나는 우리가 멀어질까 봐 두려웠다. 사람 사는 거 다 비슷하다고 어른들은 말했다. 나는 그 말을 믿고 싶었다.

라면을 금세 먹어치우고 나와 민주는 도우 옆에 섰다. 우리는 빵과 소시지를 씹어 먹으며 통 속에 마구잡이로 뒤엉켜 있는 각양각색의 인형을 내려다봤다. 도우는 기계에 지폐를 넣었다. 나는 '참고 견디면 언젠가는 반드시 보상이 따른다'는 말을 생각했다. '힘들다고 포기하면 낙오자가 된다'는 말도 생각했다. 누구에게 들었는지 알 수 없는 말인데 절로 외우고 있었다. 통 속의 인형은 보상처럼 보이기도 했고 낙오자처럼 보이기도 했다.

도우는 계속 실패했다. 도우는 기계에 지폐를

넣었다.

해볼래?

도우가 내게 물었다. 뽑기 기계 앞에서 도우가
그렇게 묻기는 처음이었다. 나는 고개를 저었다. 도우
는 민주에게도 물었다.

피시방에나 가자니까.

민주는 괜히 투덜거렸다. 우리의 일요일이 끝나
가고 있었다. 도우는 스틱을 움직였다. 몇 번 더 실패하
다가 공룡인지 유니콘인지 헷갈리는 인형을 집게로 잡
았다. 인형이 출구로 나왔다. 도우는 스틱에서 손을 뗐
다. 인형을 집어 들지도 않고 돌아서서 걸어갔다.

안 가져가?

민주가 인형을 집어 들며 물었다.

늦었어.

도우는 우리를 돌아보지도 않고 대꾸했다. 민주
는 인형을 기계 위에 올려놓고 도우를 따라갔다. 아무
도 인형을 원하지 않았다. 인형은 버려졌다. 인형은 통
속에 있을 때보다 쓸모없어졌다.

지금에야 궁금한 것 하나. 그때 도우는 기계에

몇 번이나 지폐를 넣었지? 도우는 몇 번을 실패했던가?
그것이 과연 실패였을까?

*

　　학교 수업에는 금세 적응했다. 기능사 자격증을
따야 한다는 목표는 성적을 올려야 한다는 목표보다 훨
씬 구체적으로 느껴져서 좋았다. 수업이 끝나면 아르바
이트를 해서 용돈을 벌었다. 내가 원하는 삶에 조금 가
까이 다가간 것 같았다.

　　2학년 여름방학 때였다. 축구 국가대표 평가전
이 있어서 배달 주문이 끊이질 않았다. 배달할 곳 주소
지를 받아서 치킨과 피자를 스쿠터에 싣고 달렸다. 배
달지에는 도서관 정문에서 전화해달라고 적혀 있었다.
도서관에 닿아 배달지에 적힌 핸드폰 번호대로 숫자를
눌렀더니 액정에 민주 번호가 떴다. 통화 버튼을 눌렀
다. 민주는 바로 전화를 받아 도서관으로 들어가지 말
고 강변으로 내려오라고 말했다. 강변에 스쿠터를 세우
고 돌계단을 내려갔다. 민주가 멀지 않은 곳에서 나를

불렀다. 도우도 있었다.

너도 먹고 가.

피자와 치킨을 받아 들고 포장을 풀면서 민주가
말했다.

됐어. 지겨워.

대꾸하자마자 급작스러운 허기가 느껴졌다. 입
에 침이 고였다. 당황스러웠다.

야, 너랑 먹으려고 제일 비싼 거 시켰는데.

나 빨리 가야 돼. 배달 밀렸어.

도우가 들고 있는 아이패드에서 축구 중계 소리
가 흘러나왔다. 자기 가방 위에 아이패드를 거의 던지
듯 내려놓으면서 도우가 말했다.

그래도 조금만 먹고 가.

근데 왜 여기서 이러고 있어? 집에서 안 보고?

나 공식적으로는 지금 학원에 있는 거거든.

민주가 히죽 웃으며 피자를 내밀었다. 피자를
받아 들며 도우에게 물었다.

넌?

나 여기 있는 거 엄마는 몰라. 서울에 있는 줄 알
아.

어쩌려고?

오늘 어차피 집에 가는 날이니까 여기서 축구 다 보고 들어가면 시간 대충 맞아.

도우를 만나 반가웠다. 민주와는 드문드문 연락하고 방학에는 잠깐씩 만나기도 했지만 도우와 그러기는 힘들었다. 도우는 방학 때마다 서울에 머물면서 학원에 다녔다. 언젠가 민주가 망설이다가 말했다. 도우 부모님이 도우의 핸드폰을 감시한다고. 메시지부터 통화 목록, 사진첩까지 다 본다고. 도우 부모님이 주소록에서 우리 전화번호를 지웠다고. 민주는 '우리'라고 표현했지만, 어쩌면, '우리'의 목록에 나만 포함된 것은 아닐까 생각한 적도 있다. 나는 도우 소식을 거의 민주에게 전해 들었다.

민주는 서 있을 때 더 이상 팝핀이나 웨이브를 하지 않았다. 그새 키도 좀 큰 것 같았다. 중계진의 목소리가 커졌다. 골은 넣지 못했다. 같이 축구를 보며 놀고 싶었지만 나는 일을 해야 했다. 선 채로 피자 한 조각을 다 먹은 다음 그만 가겠다고 말하자 치킨도 먹고 가고 민주가 붙잡았다. 일 언제 끝나느냐고 도우가 물었다. 11시. 넌 언제 서울 가? 내일. 우리는 여전히 각자의 노동을 하고 있었다.

근데 너도 현장 실습인가 그거 나가?

도우가 물었다.

벌써 도제 시작했어.

그게 뭔데?

수업 시간에 회사 나가서 일 배우는 거.

그럼 월급도 받아?

조금밖에 못 받아. 배우는 게 먼저니까.

거기는 어때? 너 지금 나가는 회사는 안 힘들어? 일 많이 시키지 않아?

나는 도우가 무슨 말을 하고 싶은지 알 것 같았다.

괜찮을 때도 있고 힘들 때도 있고 그렇지 뭐.

뉴스에서 봤는데, 어떤 애가 현장 실습 가서…….

아, 그거 나도 봤어. 사람 죽었잖아.

민주가 끼어들었다. 도우가 이어 말했다.

근데 나는 뉴스를 보면서도 너무 이해가 안 되더라고. 미성년자 실습생이 일요일 밤까지 공장에서 혼자 일하다가 죽었다는 게.

도우는 '미성년자' '실습생' '일요일 밤' '혼자' '일하다가' '죽었다'라는 단어를 딱딱 끊어 말하면서 손가락을 꼽았다. 말을 마치자 다른 손가락은 접힌 상태였고 새끼손가락만 펼쳐져 있었다.

그게 뭐?

민주가 물었다.

몰라. 그냥 말이 안 되는 것 같아.

나 또한 그렇다고 생각했다. 친숙한 단어들이 무섭게 다가왔다. 거리낌 없이 듣고 말하던 단어를 모아서 말도 안 되는 문장을 완성한 것만 같았다. 사망 보도를 본 뒤 틈날 때마다 인터넷으로 관련 기사를 찾아봤다. 표준협약서에는 현장 실습생의 최대 근로시간이 '하루 8시간씩 주 5일'이라고 적혀 있었지만 지켜지지 않았다. 사고가 난 기계는 이전에도 여러 번 고장이 났던 기계였다. 직원들은 당연히 그 기계로 작업하기를 꺼렸다. 업체는 그 기계를 교체하지 않고 실습생에게 맡겼다. 실습생은 관리자나 선임자 없이 혼자서 작업하다가 사고를 당했다. 기사를 찾아보며 다른 죽음들도 알게 되었다. 미성년자 실습생의 과로사와 사고사와 자살은 꾸준히 있었다. 일을 하다 다쳤는데 산재 보상을 받지 못했다는 사례도 많았다.

뉴스가 나온 다음 날 같은 반 아이가 말했다.

내가 아는 형도 근로계약서 같은 거 안 썼대. 학생인지 직원인지 아리송하다는 거야. 그러면서 일은 엄청 시키는 거야. 못 버티고 나가도 다른 실습생 들어오니까 상관없다는 거지. 근데 야, 항의를 어떻게 하냐. 일하러 갔는데 일을 시킨다고 항의를 해도 되냐. 부당한 일을 시키면 항의하라 그러는데, 근데 그게 뭐냐고. 부당한 게 뭐냐고. 너는 아냐? 뭐는 항의해도 되고 뭐는 시키는 대로 해야 하는지? 그게 딱 구분이 되냐?

그렇게 위험한 회사에는 애초에 가지 말았어야 했다거나, 사고가 나기 전에 빠져나왔어야 했다고 말하는 사람들도 있었다. 그런 말을 들으면 죽은 사람에게 모든 책임을 돌리는 것 같아서 무서웠다. 선생님들은 실습 나갔다가 학교로 되돌아오는 학생을 싫어했다. 취업률도 떨어지고 협력 업체랑 사이가 나빠질 수도 있으니까. 현장 실습 나간 3학년이 학교로 돌아오거나 좋지 않은 평가를 받으면 나중에 그곳으로 실습 갈 후배들에게도 폐가 되는 거라고 했다.

버티라고, 돌아오면 안 된다고.

우리는 부당한 지시가 무엇인지 배우지 않았다. 해야 할 일을 해내는 방법과 예의를 지키는 법만 배웠다. 실습 현장에서 힘들다고, 위험해 보인다고, 할 수 없다고 말하면 어떤 반응이 돌아올지, 우리를 어떤 인간으로 규정할지 잘 안다. 낙오자. 쉬운 일만 하려는 젊은 것들. 이기적이고 약해빠져 쓸모가 없는 요즘 애들.

회사에서 쉬는 시간에 믹스커피를 마시면서 죽은 사람에 대해 말하다가, 어른들은 난데없이 젊은 애들을 욕했다. 이런 일이 뉴스가 되었으니 이젠 애들이 회사 들어올 때 더 난리를 치지 않겠느냐. 요즘 애들은 자기가 뭘 얼마나 할 수 있는지도 모르면서 근로조건 같은 것만 칼같이 따진다. 자기 혼자 잘났다고 그런 걸 따지고 있는데 우리는 바보들이라서 시키는 대로 하는 줄 아느냐. 요즘 애들은 공동체도 책임감도 모르고 쥐똥만큼 일하고 돈만 많이 받아 가려고 한다⋯⋯. 어른들은 내 앞에서 정말 그렇게 말했다. 젊은 애들을 욕하면서 젊은 애인 나의 동의를 구하려고 했다. 그들은 자기들이 살아온 방식처럼 대대손손 살아야 한다고 생각하는 것 같았다. 좋아진 세상에서 자기들 젊을 때의 방식으로⋯⋯. 나는 그냥 애매하게 웃었다. 내가 부정하

거나 대들지 않아서 그들은 나를 칭찬했다. 요즘 애들
같지 않게 성실하고 온순하다고, 앞으로도 그렇게 일한
다면 합당한 보상이 따라올 거라고 했다. 그러니까 그
들 중 한 명이 내게 고장 난 기계를 맡긴다면…… 맡아
야겠지. 일요일에도 일하라고 하면 해야겠지. 지겹도록
들었다. 그게 바로 세상이라고. 다들 그렇게 산다고. 그
럼 다들 그렇게 죽나? 그렇게 죽지도 않은 사람들이 그
렇게 사는 거라고 말하면서 미성년자 실습생이 죽어도
책임지는 사람이 없는 살기 좋은 세상.

　도우와 민주가 뭘 어디까지 알고 있는지 궁금했
다. 하지만 내가 알고 있는 것을 그들에게 먼저 말해주
고 싶지는 않았다.

　아무튼 너는, 누가 너한테 위험한 거 시키면 앞
뒤 생각 말고 바로 튀어나와라.

　민주가 말했다.

　어떻게 앞뒤 생각을 안 하냐. 실습을 해야 취업
을 하는데. 그러려고 간 학곤데.

　민주와 도우가 걱정하자 마음이 불편해졌다. 벌
써부터 나를 위험한 곳에서 일하는 불행한 사람으로 보
는 것만 같아서. 나는 친구들과 멀어지고 싶지 않았다.

원래 뉴스에는 안 좋은 것만 나오잖아. 근데 좋은 회사 가서 돈 많이 버는 선배들도 많아. 대기업 간 선배들이 와서 얘기해주는 수업도 있는데 그렇게 걱정할 것도 없대. 잘 알지도 못하는 사람들이 사고만 나면 시끄럽게 떠드는 거라고, 어디서든 정신만 바짝 차리면 된댔어.

그렇게 말하고 말았다. 멀어지고 싶지 않아서, 죽은 사람 책임으로 돌리고 말았다.

대기업 간 사람도 많아?

그럼. 문제없이 회사 잘 다니는 선배들이 훨씬 많지.

근데 이번에 사람 죽은 거기도 대기업이었잖아. 유명한 데였는데. 어디였지?

도우가 치킨 뼈를 뱉으며 말했다. 아이패드에서 함성이 터져 나왔다. 골을 넣었는가 싶어 아이패드를 봤다. 상대 팀 골키퍼가 선방하는 장면이 리플레이되고 있었다. 우리는 서로의 등을 때리며 안타까워했다. 핸드폰 진동이 울렸다. 매장 번호가 떴다. 진짜 가봐야겠다고 말했다. 민주와 도우는 스쿠터 있는 곳까지 따라왔다.

아무튼 넌 벌써부터 돈도 벌고 좋겠다.

다른 사람이 그렇게 말했다면 살짝 기분 나쁠 수도 있겠지만, 민주가 하는 말이니까 그냥 웃었다.

근데 우리 학교에도 선배 한 명 죽었어. 얼마 전에.

도우가 주저하다가 말했다.

뉴스에는 안 나갔어. 학교에서 엄청 막았나 봐. 이미지 나빠진다고.

너희 학교에서? 왜? 왜 죽었는데?

자살.

우리는 잠시 아무 말도 하지 않았다. 나는 헬멧을 쓰고 시동을 걸었다. 민주가 헬멧을 장난처럼 툭툭 쳤다. 나는 친구들을 돌아보며 웃었다. 도우가 운전 조심하라고 했다. 그래, 조심하자. 시동을 걸며 중얼거렸다. 아이패드에서 다시 함성이 터져 나왔다. 환호인지 그 반대인지 분간할 수 없었다.

*

겨울방학을 시작하자마자 주중과 주말 아르바이트를 따로 구했다. 주중에는 패스트푸드점 파트타임.

주말에는 피시방 알바.

일요일 밤이었다. 드나드는 손님이 뜸해져서 화장실에 가려고 피시방을 나왔다. 피시방은 3층에 있었고 같은 층에는 베트남쌀국숫집, 꽃가게, 코인노래방, 요가원, 헬스장 등이 있었다. 피시방을 제외한 다른 가게는 불이 꺼져 있었다. 복도 끝으로 걸어가 공용 화장실 문을 열려다가 그 안에서 새어 나오는 소리를 들었다. 욕하고, 협박하고, 때리고, 넘어지고, 야유하고, 딱딱한 무언가를 타일 바닥에 집어 던지고, 다시 살을 때리고, 낄낄 웃고…… 싸우는 소리가 아니었다. 일방적으로 폭행하는 소리였다. 나는 화장실 옆 계단을 통해 아래층으로 내려가며 112에 전화했다. 건물 이름과 상황을 전하고 빨리 와달라고 말했다.

2층 화장실을 이용한 뒤 피시방 카운터로 돌아와 앉을 때까지 복도는 조용했다. 화장실의 그들을 직접 보지는 않았지만, 웃거나 욕하는 소리만 듣고도 미성년자라는 확신이 들었다. 경찰은 어떻게 할까. 설마 주의만 주고 떠나는 건 아니겠지. 지구대로 데려가서 보호자를 부를까? 그것만으로 끝이면 어쩌지? 중학교 2학년 때 나를 괴롭히려던 아이들이 있었다. 늘 다섯

명이 무리 지어 다녔고 그중 대장 노릇을 하던 강싸(그
애 성이 강이고 하는 짓이 사이코 같다고 붙은 별명)는 말도 행
동도 더러웠다. 실실 웃으면서 아무나 때렸고 장난이라
고 말했고 깡패처럼 심부름을 시켰고 상대가 기분 나쁜
티를 내면 화장실로 끌고 갔다. 맞은 아이의 부모가 학
교로 찾아오기도 했다. 항의가 심한 경우 강싸는 일주
일에서 열흘 정도 출석정지를 받았다. 징계가 끝난 뒤
돌아온 강싸는 여전히 더러운 말을 했고 수업 시간에
이상한 짓을 했고 이전보다 과감하게 애들을 때렸다.

　　　강싸가 내 가방을 거꾸로 들어서 안의 물건을
다 털어내더니 빈 가방으로 내 얼굴을 휘갈긴 적이 있
다. 이유는 내가 웃었기 때문에. 자기가 친구들이랑 심
각한 얘기를 하고 있을 때 어딘가에서 큰 웃음소리가
나서 봤더니 거기서 내가 웃고 있었다고. 내가 미안하
다고 말하지 않아서 강싸는 내 머리카락을 움켜잡고 뺨
을 때렸다. 걔들이 화장실까지 나를 끌고 가서 화장실
문을 걸어 잠그려고 했을 때 민주와 도우가 나타났다.
도우는 강싸를 때리지 않았다. 욕하거나 협박하지도 않
았다. 돈을 주지도 않았다. 선생님을 부르지도 않았다.
내 친구니까 하지 말라고 말했을 뿐이다. 내 머리카락

을 잡고 있던 강싸의 손에서 조금씩 힘이 풀렸다.

　　나는 울었다. 민주도 울었다. 도우는 세면대로 가서 손을 씻고 세수를 했다. 나는 도우에게 고맙다는 말도 하지 못했다. 공포와 치욕뿐이었다. 우리는 이후에도 그 일에 대해서 절대 말하지 않았다. 세 명 모두 그 일을 완전히 잊은 것처럼 굴었다. 도우가 나타나지 않았다면 두들겨 맞았겠지. 우리 부모님도 학교를 찾아왔을까? 내가 과연 말했을까, 부모님에게? 그때 느꼈던 무력감, 힘으로는 절대 강싸를 이길 수 없을 거라는 확신을 잊을 수 없다. 나는 누군가의 신체를 그런 식으로 잡을 수 없는 사람이었다. 절대 그럴 수 없었다. 이후 학교나 거리에서 폭력적인 상황을 마주칠 때마다 도우를 생각했다. 하지 말라고 말할 수 있는 사람과 그 사람의 말을 듣는 사람.

　　복도에서 웅성거리는 소리가 들렸다. 피시방 문을 열고 나가봤다. 화장실 앞에 경찰과 내 또래 아이들이 서 있었다. 한 명은 머리카락과 옷과 자세가 헝클어진 채로 고개를 푹 숙이고 있었고, 나머지 아이들은 실실 웃으면서 경찰에게 '수고하십니다, 네, 수고하십니다'라는 말을 건네고 있었다. 경찰은 맞은 것처럼 보이는 아이에게 계속 질문했다. 아이는 대답하지 못했다. 야, 알바! 짜증이 가득 묻은 목소리로 손님이 나를 불렀다. 나는 매일매일 확인했다. 돈을 내는 자의 무례와 경멸을, 수치심까지 짓뭉개는 뻔뻔함을, 더 많은 것을 손에 쥐고서도 불공평이나 역차별이란 단어를 무기처럼 사용하는 사람들을. 나는 알 만큼은 안다고 생각했고 더 알아야 할 것들이 두려웠다.

그해 겨울 민주는 내가 아르바이트하는 매장으로 종종 찾아왔다. 술 취한 남자 어른이 내게 시비를 걸 때 옆에서 핸드폰으로 동영상을 찍으며 나랑 같이 버텨준 적도 있다. 도우 소식은 거의 들을 수 없었다. 고3 겨울이 지나고 모두의 진로가 결정되면 그때 셋이 뭉쳐서 부산으로 여행을 가자고 민주가 제안했다.

*

3학년 봄부터 출근한 회사에서는 월급을 제대로 주지 않았다. 사정이 어려워서 제때 줄 수 없다고 했다. 실습생의 시급조차 챙겨줄 수 없을 만큼 사정이 어려운 회사에 미래가 있을까. 여기서 계속 일하는 게 맞나 싶어서 어렵게 담임에게 말했다. 돌이켜보면 정말 순진한 생각이었지. 회사는 사정이 안 좋았던 게 아니라 실습생에게 돈을 주고 싶지 않았을 뿐인데. 선생님이 회사에 전화했지만 그달에도 월급은 들어오지 않았다. 선생님도 더는 방법이 없다고, 조금만 더 버텨보라고 했다.

일해서 번 돈으로 나의 삶을 사는 것. 그게 나의 꿈이었다. 일은 나에게 도움이 되는 것, 나를 더 좋은 사람으로 만들어주는 것이라고 믿었다. 학교 다니는 동안 여러 개의 자격증을 땄다. 나는 그 자격증을 써먹고 싶었다. 그러나 하면 할수록 일은 점점 알 수 없는 것이 되었다. 일은 나를 하찮은 존재로 만들었다.

회사를 나왔다. 무보수로 계속 일할 수는 없으니까. 정당한 월급을 제때 주는 회사에서 일하고 싶었다. 3학년 2학기가 되자 학교에서는 학생들을 일단 어디로든 보내려고 했다. 사회생활을 시작할 때는 무슨 일이든 먼저 경험해보는 게 좋다고 포장했지만, 학교의 취업률을 높이는 게 더 큰 목적임을 모르지 않았다. 전공과는 상관없는 업체로 실습 나가는 아이들도 많았다. 아르바이트나 임시직도 취업률에 포함되기 때문에 선생님들은 자기 반의 학생이 무슨 일이든 하길 원했다. 졸업할 때까지 취업을 못 한다면 낙오자 취급을 받을 것만 같았다.

하지만.

명절에 모인 친척들은 일찍부터 돈 버는 나를 낙오자처럼 봤다. 공부하기 싫으니까 최저시급 받으며 일하는 거 아니냐고 했다. 그러면서 공부에 재능이 없으면 일찌감치 기술을 배우는 게 낫다는 말도 했다. 대박 나라는 말을 덕담으로 나눴다. 그 모든 엉망진창 말들이 웃기고도 짜증 났다.

겨울방학을 앞두고 들어간 업체는 이전보다 조건이 더 나빴다. 위험을 위탁하고 떠넘기는 일은 원청과 하청 사이에만 일어나는 일이 아니었다. 같이 일하는 공간에서도 일어났다. 누구에게 위험을 맡길 것이냐, 누구의 휴일을 뺏을 것이냐, 하루 열두 시간 넘게 일을 시키고도 한 달에 90만 원만 주면 되는 사람이 들어왔다…… 일한 만큼 돈을 벌고 싶다는 건 큰 욕심일까? 같은 기계를 미성년자가 다뤄도, 20년 차 베테랑이 다뤄도, 사장이 다뤄도 안전한 곳에서 일하고 싶다는 건? 빚을 지면서 대학에 다니고 싶지는 않았다. 나와 누구를 비교하고 싶지도 않았다. 박탈감이나 쾌씸함, 억울한 감정을 품고 '세상이 좋아졌다'는 말을 하고 싶지는 않았다. 나는 그저 좋은 세상에서 살고 싶었다.

공장은 야산과 허허벌판 사이에 있었다. 퇴근할 때면 벌판과 벌판 사이의 어두운 길을 한참 걸어 나와야 했다. 버스가 다니는 도로에 닿으면 저 멀리 도시의 불빛이 보였다. 아련하게 빛나는 인공 불빛을 바라보며 나는 죽은 사람들을 떠올렸다. 그들을 생각하다 나도 모르게 다짐하듯 중얼거리기도 했다.

돈 버는 일이 힘들다고 말할 수는 있어.

사람이 일을 하다 보면 그렇게 죽을 수도 있다고 말할 수는 없어.

먹고사는 일이 원래 그렇다고 말할 수는 없어.

*

일요일 밤 9시 38분. 나는 겁에 질려 있었다. 왜냐하면.

쉼 없이 움직이던 커다란 기계가 갑자기 멈췄다. 멈춘 채로 뭔가를 토해내는 소리를 냈다. 건물 벽에도 기계에도 안전마크 스티커가 붙어 있었지만, 정말 감독을 나왔는지 검사를 받았는지 알 수는 없었다. 뉴스에 나온 그 기계에도 안전마크 스티커는 붙어 있었다. 나는 퇴사한 선임에게 전화했다. 선임은 전화를 받지 않았다. 퇴근하려면 작업을 마쳐야 하고 그러려면 기계를 고쳐야 한다. 고장 난 기계를 그대로 두고 퇴근한다면 어른들은 책임감 없는 요즘 애들 운운할 것이다. 정신만 바짝 차리면 된다고 했다. 선임의 말이었고, 언젠가, 나도 그와 같은 말을 했다. 매일 야근이 이어져 잠을 제대로 자지 못해도, 기계가 고장 나서 손수 그것을 고쳐야 하는 순간에도 정신만 바짝 차리면…… 그러니까 그것은 내게 책임을 돌리는 말.

이유를 알고 싶었다. 내가 지금 이 기계 앞에 서 있는 이유를. 왜냐하면.

나는 일을 하고 싶었다. 저축을 하고 부모님에게 용돈을 주고 싶었다. 차를 사서 그 차에 친구들을 태우고 여행을 다니고 싶었다. 그 모든 걸 서른 살 이전에

다 해내고 싶었다. 주머니 속 핸드폰 진동이 울렸다. 액정에 도우 이름이 떴다. 나는 겁이 났다. 도우가 울고 있을까 봐.

도우와 민주가 부모님과 여름휴가를 떠나느라 성당에 나오지 않은 일요일이 있었다. 그때 나는 우리의 노력이나 바람과는 상관없이 우리가 서로 다른 일요일을 보낼 수도 있다는 사실을 깨달았다. 그러므로 그날 내가 느낀 감정은 배신감이 아닌지도 모른다.

* 이 소설은 『알지 못하는 아이의 죽음』(은유 지음·임진실 사진, 돌베개, 2019)을 읽고 썼습니다.

수요일

지형의 보호자가 조심스럽게 펼쳐서 보여준 종이에는 지형의 비밀문자가 적혀 있었다. 보호자가 물었다. 너는 이게 대체 뭔지 알고 있니. 나는 모른다고 대답했다. 세 번째 모른다는 대답이었다. 두 번째 모른다는 대답에 앞선 질문은 이것이었다. 그렇다면 너는 지금 지형이 어디에 있는지 알고 있니.

사라지기 전에 지형은 내게 선택하도록 했다. 너 알면서도 모른 척할래, 정말 몰라서 모른다고 할래. 나는 모르는 것을 선택하겠다고 대답했다. 숨을 내쉬는 소리가 들렸다. 실망스러운 마음을 숨으로 내뱉는 것만

같았다. 잠시 뒤 지형은 웃음기를 (비웃음이었을까) 담아
말했다. 하긴, 내 생각에도 네가 정말 모르는 게 작전을
위해서는 더 좋을 것 같다.

나는 종이에 적혀 있는 길지 않은 비밀문자를
외우려고 애썼다. 그 비밀문자에 지형의 작전이 담겨
있을 것만 같았다. 나는 문제를 직접 풀고 싶었다. 그래
서 모르는 것을 선택했다. 지형은 이런 내 생각까지 알
았을까.

지형의 보호자가 종이를 접으며 말했다. 애 아빠
는 지금 굉장히 화가 나 있어. 이걸 애들 장난이라고 생
각해. 하지만 나는 그렇게 생각하지 않아. 이건 장난이
아니야. 우리 지형이는 부모를 상대로 이런 장난을 치
는 애가 아니야.

'서영광'이라는 사람에 대해 지형은 가끔 이야
기했다. 오뚝이 이야기가 특히 기억에 남는다. 바닥에
질량중심이 있고 위는 가벼워서 절대 쓰러지지 않는 장
난감. 다시 일어서지 않는 오뚝이는 고물이다. 고물은
쓰레기. 쓰레기는 못 쓰고 버리는 것. 버려진 것은 데굴
데굴 굴러 바닥에 쌓이고 질량중심이 된다. 바닥에서
이 세계의 직립을 지탱하는 것이 고물의 임무. 어릴 적

서영광에게 들은 이야기를 내게 다시 전해주면서 지형은 말했다. 내가 오뚝이를 신기해하면서 갖고 노는 걸 보고 서영광은 그런 말을 했어. 오뚝이 원리를 설명하면서 너는 고물이 되면 안 된다, 너는 쓰러지면 안 된다, 바닥으로 굴러가면 안 된다, 쓰러지지 않는 위에 있어야 한다고.

그리고 내 안에 남아 있는 다음 말이 있는데,

진짜 웃기지. 애들 장난감을 보면서 한다는 말이 겨우 그런 거라니. 그 말 때문에 나는 오뚝이가 징그러워. 죽지 않는 벌레처럼 너무 징그러워.

이게 지형의 말이었는지 당시 나의 생각이었는지 이후 그날의 대화를 떠올리며 뒤늦게 한 생각이 지형의 말이라는 왜곡된 기억으로 남아버린 건지 모르겠다. 아무튼 지형이 전해준 서영광의 말 덕분에 나 또한 오뚝이를 징그러워하는 사람이 되었다. 지형은 어른을 믿지 않았다. 나도 어른을 존경하지는 않았다. 죽지 않는 벌레 같은 어른들. 그런 점에서 지형과 나는 말이 잘 통했다.

지형은 장난을 좋아했다. '농담이야'라는 말만큼 '진짜야'라는 말을 자주 했다. 안도하며 웃거나 어이 없어서 실소하거나, 어쨌든 장난의 끝에서는 웃기 위해 지형은 (치밀하게) 장난을 치는 편이었다. 숨거나 숨기거나 갑자기 튀어나오거나 아픈 척하는 건 가벼운 장난. 진실인지 거짓인지 오직 지형만이 알고 있기에 섣불리 화를 내거나 안심할 수 없어서 오직 지형의 말을 믿고 지형이 웃으면 따라 웃을 수밖에 없는 건 (몽유병과 악몽, 상처와 흉터, 인터넷으로 검색할 수 있는 기사가 증거로 제시되는 사건들에 대한 증언 등) 지독한 장난.

멀지 않은 도시의 공장에서 미성년자 실습생이 사고로 죽었다는 짧은 기사를 보여주면서, 지형은 그 아이의 장례식장에 다녀왔다고 했다. 죽은 아이가 자기 친구라고 했다. 학교 근처의 아파트에서 또래 아이가 학대를 당하다가 자살했다는 소문이 돌았을 때도 지형은 말했다. 그건 뜬소문이 아니라고, 자살한 아이는 자기의 옛 친구이며 또 다른 친구를 통해 소문이 진짜라는 말을 전해 들었다고. 지형은 그 아이의 자살 이유와 방법까지 상세하게 알고 있었다. 어쨌든 지형의 친구라고 했으니까, 우리는 그 아이들의 죽음을 금세 잊을 수는 없었고 한동안은 지형 앞에서 특정 직업이나 자살을 농담 삼아 말하지 않으려고 조심했다. 지형이 나중에 나에게만 밝히길 그건 절반 정도 거짓말이라고 했다. 절반의 거짓이라면 절반의 진실도 있다는 뜻일 텐데 지형은 그 이상을 말해주진 않았다.

'우리 지형이는 그럴 애가 아니다'라고 굳게 믿고 있는 보호자는 아무래도 지형을 잘 모르는 것 같다. 하지만 지금 지형이 '애들 장난'을 하는 것 또한 아니라고 나는 생각한다. 지형은 무언가를 선언하려는 것이다. 좋게 좋게 선언하면 아무도 듣지 않을 테니까 긴장과 걱정을 먼저 모으는 것이다. 파급력. 그게 중요하니까. 그래야 돌이킬 수 없으니까. 나 또한 지형의 선언이 두렵다. 지형이 너무 멀리 가지 않기를, 앞으로도 지형과 내가 크게 다르지 않은 길을 걸어가기를 바랄 뿐이다. 지형의 보호자가 숄더백에서 핸드폰을 꺼냈다.

애는 이걸 늘 잠가놨어. 비번을 복잡하게 만들었지. 솔직히 내가 시도했었다, 몇 번을…… 이걸 열어보려고. 지형이 집에 와서 씻거나 자거나 그럴 때 말이야. 자꾸 비밀을 만드는 것 같았으니까. 너무 싫고 무서웠어. 내 자식이 나 모르는 비밀을 품고 있는 게. 애가 잘못될 것만 같았지. 내가 두려운 마음으로 무슨 일이 있느냐고 물어도 별일 아니라고 하거나 아무 일 아

니라고 하거나 나를 섬뜩하고도 이상한 눈빛으로, 낯
선 사람 보듯이, 아줌마는 누군데 나한테 그런 걸 함부
로 물어보느냐는 눈빛으로 쳐다본 적도 있다. 그래서
내가 이걸 풀어서 조금이라도 힌트를 얻고 싶었는데
한 번도 풀지를 못했어. 근데 봐라. 지형이가 보란 듯
이 이걸.

　　보호자가 핸드폰 화면을 내게 보여줬다. 핸드폰
케이스만 보고도 지형의 핸드폰이란 걸 알았는데 이상
하게도 화면에는 핸드폰을 처음 살 때 깔려 있는 기본
화면이 떠 있었다. 지형은 평소 직접 찍은 사진을, 드물
게는 웹에서 다운받은 이미지 파일을 핸드폰 배경 화면
으로 설정했었는데.

　　이렇게 잠금을 풀어놓고 책상 위에 올려놓은 채
로 사라졌어. 그래서 내가 샅샅이 봤잖아. 근데 너도 알
고 있었니. 이걸 봐라. 애가 연락처에 자기 아빠를 그냥
이름 석 자로만 저장해놨어.

　　핸드폰 연락처 목록의 '서영광'이란 이름을 터
치하면서 보호자가 말을 이었다.

　　그리고 여기, 이게 바로 나다. 내 전화번호야.

　　목록의 '보호자'를 터치하는 보호자의 손이 조

금 떨렸다.

요즘 애들은 원래 이렇게들 하니. 엄마 아빠 부모님 그런 말 안 쓰니 요즘 애들은.

보호자가 나를 쳐다보며 물었다. 지형은 우리와 대화할 때도 그랬다. '우리 엄마'라는 말 대신 '내 보호자'라는 표현을 썼다.

요즘 애들이 그런 건 아니고요, 지형이가 좋아했어요.

보호자의 시선을 피하며 작은 소리로 대답했다.

좋아해?

보호자란 말을 좋아했어요.

보호자는 도무지 이해할 수가 없다는 듯 작게 한숨을 쉬었다. 나도 물어본 적이 있다. 보호자가 뭐야. 엄마면 엄마지 보호자는 뭐야, 헷갈리게. 지형은 대답했다. 그 말이 우리 엄마한테 어울려. 나는 엄마보다는 보호자라고 말할 때 훨씬 신뢰와 애정을 느껴.

신뢰와 애정. 지형은 그런 말을 아무렇지 않게 하는 부류였다. 나의 경우는 그런 단어를 글자로 쓸 수는 있으나 소리 내서 말하기는 어려워하는 부류. 내게는 그와 같은 단어들이 있다. 생각하거나 쓰는 것까지는 무리 없으나 소리 내어 말하는 순간 가짜가 되어버리는 단어들, 이를테면 사랑, 우정, 소망, 꿈, 희망, 희생, 추억 같은 것.

좋아서 그랬다는 거지.

보호자가 확인하듯 되물었다. 그럼 아빠는 어째서 이름으로 저장해둔 것일까, 하고 희미하게 중얼거리던 보호자가 별안간 고개를 저으며 언성을 약간 높였다. 아니, 이런 건 중요한 게 아니지. 내가 너한테 진짜 묻고 싶었던 건 이런 게 아니고…… 보호자가 다시 핸드폰을 내밀었다. 화면에는 지형과 내가 주고받은 메시지가 밝게 빛나고 있었다. 보호자가 파란색 말풍선 네 개를 가리켰다.

Had there been falsehood in my breast

No thorns had marred my road,

This spirit had not lost its rest,

These tears had never flowed.[*]

* 에밀리 브론테, 「내 마음에 거짓이 있었다면Had There Been Falsehood in My Breast」, 『상상력에게』, 허현숙 옮김, 민음사, 2020.

통화를 끝내자마자 지형이 내게 보낸 메시지였다. 내가 보낸 답장은 없었다.

지형이가 왜 이런 문자를 보낸 거니, 너한테.

나는 메시지를 한참 바라봤다. 핸드폰 배경 화면이나 사진첩 같은 건 초기화했으면서 메시지 중 일부는 지우지 않고 남겨놓은 지형의 의도를 알아내야 했다. 지형은 보호자가 나를 찾아올 경우까지 예상했을 것이다. 나는 네 번째로 모르겠다고 대답했다.

지형은 언어에 관심이 많았다. 토플도 고득점이었다. 하지만 외국에서 살다 온 애들은 지형의 영어를 은근히 무시했다. 현지에서는 그런 표현 안 쓴다고, 노인들도 안 쓰는 완전 구식 표현이라고 지형을 가르쳤다. 그들은 자기들끼리 영어로 대화하곤 했다. 주로 누군가를 조롱하거나 비교하거나 비웃을 때, 욕하고 따돌릴 때. 그들은 한국을 싫어했다. 다시 나갈 거라고, 어른 되면 바로 한국을 떠날 거라고 했다. 지형은 그들에게 물었다. 우리 친척 중에 오스트레일리아 사는 사람 있거든. 근데 거의 맨날 듣는대. 퍼킹 에이션. 너희는 그런 말 들은 적 없어? 그들은 그런 말을 한 번도 들어본 적 없다고 했다. 한국 사람들처럼 비합리적이거나 감정적이지 않아. 여자라고 애라고 무시도 안 하고 투 비 레 셔널. 근데 네 친척은 어디 사는데? 캔버라? 아, 시드니. 거기서 뭐 하는데?

지형은 그들의 말을 믿지 않았다. 엄청 차별당 했을 거야. 너 한 번이라도 들은 적 있냐, 재들이 지들 쪽팔리는 말 하는 거. 재들은 거기서 좋았던 것, 훌륭했 던 것, 자기 잘난 말만 해. 백인이 쳐다보면서 꺼지라고 말했어도 자기한테 한 말이라고 생각 못 하는 거지. 자 기 앞에서 코를 막으면서 냄새난다는 시늉을 해도 자기 한테 하는 짓인 줄 모르는 거야. 자기도 백인인 줄 아니 까. 백인 입장에서 코리언 미개하다고 깔보는 거야. 재 들 거기 살 때도 지금처럼 같은 에이션 깔보면서 인종 차별 했을걸. 지형은 랩을 하듯 쉬지 않고 말했다. 한국 어로 나에게.

근데 진짜 있어? 호주에 사는 친척?

오브 콜스 없지.

나는 왠지 웃겨서 허허 웃었다. 지형도 나처럼 웃었다. 지형과 나는 그런 부분이 잘 맞았다. 깔보면 깔 보는 것. 비웃으면 비웃어주는 것. 거짓말에 거짓말로 맞서는 것.

지형은 언제나 높은 성적을 유지했다. 동아리 활동(북사운드라고, 책 읽고 토론하고 에세이 쓰는 동아리)도 적극적으로 했다. 혼자서 라틴어와 그리스어도 공부했다. 건프라에도 진심을 다했다. 한때 지형의 기숙사 책상에는 윙제로커스텀이 있었다. 지형이 직접 조립한 천사 건담. 지형은 그것을 보여주며 뿌듯한 표정으로 말했었다. 여기, 이거 보이지. 이 먹선 전부 내가 그린 건데 자세히 보면 굵기가 다르잖아. 어긋났잖아. 그리고 이 씰도 사실 아주 약간 삐딱하게 붙여진 거거든. (지형이 말하지 않았다면 삐딱한지 똑바른지 나는 구분할 수 없었을 것이다.) 어긋난 먹선과 삐딱하게 붙인 스티커 때문에 처음에는 속상했고 망했다는 생각뿐이었지만, 오래오래 들여다볼수록 그 오차가 특별해졌다고 지형은 말했다. 먹선을 완벽하게 칠했거나 어떤 게이트 자국도 없는 건프라를 만들었다면 지금처럼 아름답게 느껴지진 않았을 거라고. 자기가 만든 사소한 오차가 자기의 천사 건담과 다른 사람들의 천사 건담을 구분해주는 거라고. 수천 개의 천사 건담을 한곳에 모아두어도 자기는 자기의 건담을 찾을 수 있을 거라고. 지금 지형의 책상에는 그것이 없다. 그것은 한동안 영주의 책상 위에 있었다. 지형의 책상에서 천사 건담은 늘 날개를 접어 몸을 거의 숨기고 있었다. 영주의 책상에서는 날개를 활짝 펼친 채였고. 이제 그것은 어떻게 되었을까? 지형이 영주에게 그것을 준 사실을 알고 나는 비난하듯 물었다. 그걸 왜 개를 줘? 영주가 달라고 졸라서. 그럴 바엔 날 주지. 너는 달라고 한 적 없잖아. 오히려 너는 그거 싫어하지 않았어? 날개 달린 로봇이라니 자의식 쩌는 중2 같다고. 실제로 나는 그렇게 말한 적이 있었다. 혼잣말처럼 중얼거린 건데도 지형은 굳이 대꾸했다. 윙건담의 날개는 건담의 목적이 전투와 파괴만은 아님을 보여주는 상징이라고, 날개를 자의식이라고 생각한다면 그런 자의식이야말로 정말 중요하니까 아무리 과잉이어도 나쁘지 않다고. 그리고 지형은 한동안 침묵했었다. 나는 지형의 예민한 어느 부분을 건드린 것만 같았고, 바로 그것을 원했으므로 더 할 말이 없었다.

그리고 지형에게는 자기만의 비밀문자가 있었다.

시험 공부를 하던 어느 새벽이었다. 지형과 바람을 쐬러 나갔었다. 후미진 벤치에 앉아 믹스커피를 마시던 중에 우리는 동시에 별똥별을 봤다. 지형이 먼저 어, 하고 내뱉었다. 너도 봤느냐고 나는 물었다. 입을 벌린 채로 잠시 가만히 있던 지형은 우리 여기서 비밀을 하나씩 털어놓자고 제안했다. 그리고 죽을 때까지 서로 그 비밀을 지켜주자고. 나는 싫다고 대답했다.

싫어?

당연하지. 내 약점 털어놓는 거잖아.

자랑스러운 비밀을 말하면 되지.

나는 자랑스러운 비밀이 뭔가 생각했다.

솔직히 그런 건 아무도 안 들어주잖아. 안 그래? 잘난 척한다고 괜히 욕먹고. 그런 걸 마음껏 말해봐. 내가 다 들어줄게.

즉시 말하고 싶은 비밀이 떠올랐다. 초등학생 때부터 라이벌이라고 생각했지만 실제로는 한 번도 이겨보지 못한 애를 중학교 3학년 때 따라잡아서 마침내 이긴 경험. 나는 단과학원만 다니고 독서실에서 공부하면서 (종류별로 개인과외를 받던) 그 애를 격추했다. 그 일을 지형에게 전부 말하고 나자 자랑스러운 기분이 완전히 사라졌고 오히려 초라해졌다. 그런 내 마음까지 다 알고 있다는 듯 지형은 대단하다, 너, 정말 대단해, 하고 대꾸해줬다. 그래서 나는 자신감을 조금 되찾았다. 이제 지형의 차례였다. 지형은 트레이닝복 주머니에서 호

신용으로 들고 다니는 볼펜을 꺼내더니 손에 들고 있던 종이컵 표면에 무언가를 쓰면서 말했다. 나는 나만의 문자를 갖고 있어. 그건 바로 지형문자지. 이건 지형문자로 쓴 네 이름이야.

⊙∧∷∅ㅐ⚠ㅓⱵ

나는 의심했다. 방금 지어낸 거짓말인 것만 같아서. 그래서 네 이름도 써보라고 했다. 지형은 거침없이 썼다.

⟨‖ㅓ∫∧⊗±∩∪∴

나는 나의 이름과 지형의 이름에 들어가는 자음과 모음을 생각했고 우리의 이름에 공통으로 이응이 들어간다는 사실을 파악한 뒤 지형문자에서 이응에 해당하는 부호를 짐작했다. 하지만 내 이름에 위치하는 이응과 지형의 이름에 위치하는 이응의 모양은 달랐다. 다시 살펴보니 한글의 자음과 모음을 다르게 표현했다고 보기에는 부호의 수가 많았다. 이게 단순히 한글을 다른 부호로 바꾼 게 아니구나 하고 중얼거리자 지형은 검지로 자기 머리를 톡톡 두드리며 말했다.

비밀문자를 그렇게 쉽게 만들면 안 되지. 적어도 세 번은 거쳐야지, 호환을.

근데 이런 걸 왜 만든 거야?

부루퉁하게 물어보면서 내심 진짜 멋진 비밀이라고 생각했다. 질투인지 열등감인지 구분할 수 없는 비린 감정이 신물처럼 올라와서 인상을 잠깐 구겼다. 좀 전에 털어놓은 나의 비밀이 다시금 부끄러워졌다. 지형은 앞니로 종이컵의 테두리를 잘근잘근 씹으면서 대꾸했다.

아, 생각해보니 네가 처음은 아니다. 지형문자를 본 사람.

처음은 누군데?

첫사랑.

아.

'첫사랑'도 내겐 생각하거나 쓸 수는 있으나 말할 수는 없는 단어 중 하나였다. 지형은 천천히 지형문자의 기원을 말했다. 지형의 첫사랑은 중학교 3학년 때 만난 같은 반 아이. 지형은 그 아이를 매일 생각했다. 눈앞에 있을 때도 생각했고 눈앞에 없으면 뇌가 터져버릴 만큼 생각했다. 잠도 잘 수 없었고 공부도 할 수 없었다. 이러다가는 미쳐버리겠다는 위기감과 뭐라도 해야겠다는 조바심에 완전히 파묻혔을 때 그 마음을 글로 썼다. 누구누구야, 너를 생각하면 내가 너무 초라하게 느껴져. 너무 초라한 내가 너를 위해 죽을 수 있으면 좋겠어. 너를 생각하면 나를 찢어 없애고 싶어. 누구누구야, 나는 너를 정말 좋아해. 진심을 담아서 쓴 그것을 다시 읽어보며 지형은 형편없다고 생각했다. 자기 진심을 표현할 수 있는 단어가 겨우 '좋아해'뿐이라는 사실 때문에 지형은 더욱 초라해졌다. 그래서 지형문자를 만들었다. 기나긴 겨울방학 동안 세상에 없던 문자를 완성하고 익힌 뒤 그 문자로 편지를 썼다. 내용은 다를 것 없었으나 한글이나 영어로 쓴 편지보다 아름답고 신비로웠다. 세상에서 가장 비밀스럽고 소중한 편지처럼 보였다. 아름답고 신비로운 것은 지형의 첫사랑이었고 세상에서 가장 소중한 것은 첫사랑을 생각하는 지형의 마음. 그러나 지형은 그 편지를 전하지 않았다. 비웃음을 당할까 봐 두려워서. 자기의 보석 같은 사랑을 비웃는다면 첫사랑이라도 용서할 수 없을 것 같았다. 겨울방학이 끝난 뒤 지형은 자기 책상에 네임펜으로 작게 썼다. 첫사랑의 이름을 지형문자로. 그리고 졸업하는 날 고백했다. 책상 위 다소 희미해진 지형문자를 가리키면서. 이거 사실 네 이름이야.

지형의 이야기를 들으며 나는 너무 유치하다고 생각했다. 지형이 그 정도로 누군가를 사랑할 수 있는 사람이라고 믿고 싶지도 않았다. 지형의 고백에 대한 첫사랑의 반응이 절대 아름답지 않기를, 차라리 아주 웃기길 바랐다. 그런데 지형은 거기서 이야기를 끝내버렸다. 이거 사실 네 이름이라고 고백했지. 그 말을 끝으로 지형은 종이컵을 구겨버렸다.

그래서?

그래서 뭐?

그래서 걔가 뭐랬는데?

그건 별로 말하고 싶지 않아.

그 첫사랑이란 인간의 반응이 아주 엿같았구나라는 짐작이 들자마자 내 기분도 말할 수 없이 엿같아졌다. 결말이 아주 웃기길 바랐는데, 웃기기는커녕 말로 옮기고 싶지도 않을 만큼 지형이 지독한 모욕을 당한 것만 같아서. 그 인간을 찾아가서 발로 차버리고 싶었다.

그래, 뭐 어릴 때는 다 그렇지.

지형을 위로하려고 아무 말이나 했다.

놉. 나쁜 기억 절대 아니고, 내가 어떻게 말해도

너는 상상도 못 할 거니까.

뭘?

그 애의 초롱초롱 빛나던 눈빛.

…….

그건 진짜 나만 아는 거고 나만 알아야 해.

그래서 결론이 뭐야?

무뚝뚝한 말투를 감출 수가 없었다.

음…… 지형문자를 보여준 사람으로는 네가 두 번째라는 거.

기분이 더욱 극심하게 나빠졌다. 초롱초롱한 눈빛 따위 알고 싶지도 않았다. 어서 다른 이야기를 하고 싶었다.

그럼 그거 읽는 방법도 따로 있어?

그런 건 필요 없어.

왜?

소통하려고 만든 문자가 아니니까.

그럼 좀 아깝지 않나. 어떻게든 써먹으면 좋잖아.

사실 나는 이렇게 말하고 싶었다. 내게 지형문자를 가르쳐줘. 너의 진짜 비밀을 나에게만 알려줘. 지형문자가 우리만의 비밀이 되면 좋겠어.

이건 진짜 비밀인데.

지형이 트레이닝복 주머니에 손을 집어넣으며
말했다.

정말 아무한테도 말하면 안 돼.

지형이 내 눈을 똑바로 보며 당부했다.

그거 써먹는 데 있거든.

나는 지형문자로 일기를 쓰는 지형을 상상했다.
그 누구도 절대 알아서는 안 되지만 어딘가에는 기록해
두고 싶은 침침하고 무거운 비밀을 써둔 노트를.

커닝하기 좋으니까.

뭐?

암기 과목 시험 칠 때 써먹어. 어차피 나만 알아
보니까.

아…….

나는 천천히 고개를 끄덕이다가 중얼거렸다.

……멋진데.

외우려면 귀찮고 싫은데 비밀문자로 바꾸다 보
면 재미있어서 저절로 외워질 때도 있고. 뭐 그렇게 소
소하게 써먹고 있지.

넌 진짜 사이코야. 존나 개 진심 사이코.

중얼거리면서 나는 허허 웃었다. 결코 지형을 미워할 수도 이길 수도 없다고 생각하면서.

보호자가 내게 보여준 쪽지에는 지형문자가 적혀 있었다. 그러니까 지형의 말이 사실이라면, 세상에 지형문자를 아는 사람은 지형뿐이고 그것을 본 사람은 초롱초롱이와 나뿐이라면, 나에게 보낸 문자메시지를 지우지 않은 게 작전의 일부라면, 나의 답장을 의도적으로 삭제한 거라면, 그렇게 내게도 뭔가를 던져놓고 싶었던 거라면…… 분명히 남겼을 것이다. 내가 찾을 수 있는 곳에. 지형문자를 해독할 수 있는 노트를.

벌써 일주일째야. 내가 정말 안 찾아간 곳이 없어. 경찰은 가출이라는데 나는 도저히 그렇게 생각할 수가 없다. 이게 어떻게 가출이니. 우리 지형이가 왜 가출을 하니.

보호자가 말했다. 나는 가출과 실종을 구분하는 기준을 생각했다.

선생님도 그렇고 다른 애들도 말했어. 네가 우리 지형이랑 제일 가까웠다고. 나는 네가 뭔가를 알고 있다고 믿어. 너 아니면 이제 희망이 없어.

나는 모른다고 대답하고 싶었다.

　　혹시 너랑 우리 지형이랑 서로 좋아하는 사이였니? 괜찮아. 아줌마는 다 이해해. 아줌마 그렇게 꽉 막힌 사람 아니야. 둘이 좋아했는데 싸우거나 뭐, 그런 거 있었어? 여기 이 문자만 봐도 그래. 이게 보통 사이에 쓸 문자는 아닌 것 같아서.

　　지형의 보호자가 다시 핸드폰을 내 눈앞에 들이밀었다.

　　지형이 좋아하는 사람 있었어요.

　　피하고 싶어서 말해버렸다. 보호자의 눈이 동그랗게 벌어졌다. 나는 눈짓으로 핸드폰의 메시지를 가리켰다.

　　그것도 사실 지형이가 좋아하던 시예요. 그 친구랑 번갈아가며 외우는 것도 봤어요. 둘이 사귀거나 그런 건 모르겠고……. 둘이서 동아리도 같이하고 라틴어도 공부한다고 그랬어요. 원래는 지형이 혼자서 했었는데 나중에 그 친구가 지형이한테 가르쳐달라고 해서.

　　그 친구가 누구냐고 보호자가 물었다.

　　이젠 다 소용없어요. 죽었으니까.

　　죽어? 누가 죽어? 우리 지형이가?

　　보호자가 눈을 동그랗게 뜨며 따지듯 물었다.

아뇨, 영주요. 아줌마도 아실 건데. 얼마 전에 죽은 애요.

비슷한 생활을 하던 우리는 각자의 짐작으로 영주의 죽음을 이해하거나 폄훼했다. 그럴 수 있지. 그럴 만도 하지. 그렇다고 죽는 게 말이 되냐……. 영주가 죽고 얼마 지나지 않아 인터넷 뉴스에 청소년 자살에 관한 기사가 떴다. 영주에 관한 기사인 줄 알고 놀라서 클릭했는데 다른 도시에서 일어난 다른 아이의 자살이었다. 기사에 달린 댓글을 아직도 기억한다. 순간의 잘못된 판단. 죽을 용기로 살 생각을. 미래 자산. 벌써부터 힘들다고. 루저. 나약한 루저. 그 기사 말미에 적혀 있다. 청소년 자살자 수는 하루 평균 23명이고 우리나라 청소년 사망 원인 1위가 자살이라고. 남은 사람들은 주장했다. 자살할 이유가 없다고. 성적도 나쁘지 않았고 미래는 창창했다고.

그래, 죽은 아이와 보통 사이가 아니었구나, 우리 지형이가. 그런 이야기라면 부모한테 하기 힘들 수도 있어. 내가 모르는 게 당연할 수도 있어.

굉장히 중요한 단서를 알아냈다는 표정으로 보호자는 울먹거렸다. 둘이 사귀는 사이였던가? 그것만은 아니기를 바랐다. 그래서 지형에게 둘이 사귀는 거냐고 물어보지도 않았다. 영주에 관해서라면 아무 말도 꺼내지 않으려고, 지형이 영주 이야기를 해도 대수롭지 않게 흘리려고 애썼다. 둘이 무슨 암호처럼 영어 시를 번갈아가며 암송하고 눈빛을 주고받는 걸 우연히 봤을 때도 지형이 대체 왜 저런 유치한 짓을 하고 있을까 기가 막힐 뿐이었다. 영주 때문에 지형이 점점 이상하게 변하는 것만 같았다. 내가 좋아하던 지형의 모습, 시니컬하고 위트 있고 침착하고 어른스러운 모습은 점점 사라졌다. 영주와 함께일 때 지형은 너무 자주 웃었다. 쉽게 삐졌다. 목소리가 달라지고 몸짓은 커졌다. 호들갑이었다. 달릴 필요가 없는데 달렸다. 영주 때문에 지형은 평범해졌다.

영주가 죽기 전 며칠 동안 영주와 지형의 사이는 예전 같지 않았다. 영주는 지형을 찾아오지 않았고 지형은 영주 이야기를 꺼내지 않았다. 그런데 휴게실에서 영주와 지형이 언쟁하는 걸 봤다는 아이가 있었다. 언쟁인지 대화인지 모르겠지만 아무튼 언성을 높이다가 영주가 비명을 지르며 울었다고.

우리 중에 널린 게 영재고 그런 거 이제 아무 의

미 없잖아. 어릴 때 1등 안 해본 애가 어디 있어, 여기 애들 중에. 1등만 하던 애들끼리 모여서 다시 1등이 생기고 거기서 누구는 꼴찌 할 거라고.

지형은 울면서 말했다.

어쨌든 3학년 됐으니까 입시 해야 되잖아. 그런데 영주는 뜬구름 잡는 소리만 하는 거야. 왜 라틴어 스터디 안 하냐고 집요하게 달라붙는 거야. 그게 기말 전날이었어. 시험 끝나면 스터디 하자고 아무리 좋게 말해도 계속 고집을 부리는 거야. 너는 애쓰지 않아도 성적 잘 나오잖아, 너는 기본만 해도 상위권이잖아, 다른 애들처럼 그렇게 천박하게 성적에 집착하고 그러지 마, 그런 말을 옆에서 끝없이 종알거리면서 방해하는 거야. 그러다가 갑자기 또 자기 어릴 때 얘길 하는 거야. 경시대회 우승, 경이로운 아이큐, 영재 테스트, 모두가 깜짝 놀란 외국어 습득 능력. 야, 솔직히 우리 중에 그런 전설 하나 없는 애가 어디 있냐. 그렇다고 그걸 고3 때까지 말하고 다니는 건 진심 쪽팔리잖아. 내신 잘 받겠다고 전공어 내팽개치고 국영수만 졸라 파고 있는 판에. 걔가 말을 할수록 짜증이 치솟아서 정말 미치는 줄 알았어. 그래서 내가.

지형은 안경을 벗고 눈물을 닦았다. 그리고 갑자기 무섭도록 침착한 표정을 지으며 말했다.

아, 씨발 솔직히 너 같은 애들이 제일 걸리적거린다고.

주위 기온이 급작스레 내려간 것처럼 소름이 돋았다.

공부 못하는 애들은 눈에 보이지나 않지, 옆에서 알짱거리는 너 같은 애들이 제일 방해된다고.

지형은 나를 쳐다보면서 말했다.

내 인생까지 조질 생각 말고 꺼지라고.

나는 고개를 들었다. 보호자의 눈을 피하지 않고 말했다.

수요일이었어요. 영주 죽은 날이 수요일.

그래, 그래서 우리 지형이가 충격을 받아서.

보호자가 주억거리며 대꾸했다.

아줌마, 지형이 그런 애 아니에요. 충격받아서 가출하는 애 아니에요.

그래, 나도 그렇게 생각해. 우리 지형이 그렇게 경솔하고 나약한 애 아니야.

그럼 영주는요?

　나는 영주 이야기를 놓지 않았다. 그제야 궁금해졌으니까. 영주가 죽은 이유. 소식을 들었을 때 나도 충격받았으나 그럴 수도 있다고 생각했다. 아무 과정 없이 반사적으로 그렇게 생각해버렸다. 영주 같은 애라면 그럴 수도 있지.

　하루에 청소년 스물세 명이 자살한대요, 우리나라에서. 아줌마는 그런 얘기 들어본 적 있어요?

　어리둥절한 눈빛으로 나를 바라보다가 잠시 숨을 고른 후 보호자는 말했다.

　얘, 우리나라 인구가 5천만이 넘어.

　갑자기 튀어나온 5천만이란 말이 단단한 돌로 바뀌어 머리를 때린 것만 같았다.

　어림잡아서 하루에 천 명 가까이 죽고 태어난다고 치자. 그중 스물세 명이면 1프로도 안 되는 거야.

　나는 지형의 말을 떠올렸다. 신뢰와 애정. 보호자.

　그 스물세 명 중에 지형이가 있으면요?

　보호자는 잠시 엄한 표정을 지었다. 어른 앞에서 쌍소리를 한 다섯 살 아이를 바라보듯.

　우리 지형이는 낙천적이고 긍정적인 애야. 우리가 그렇게 키웠어. 뭐든 좋게 생각하라고, 어려운 상황

일수록 배울 점이 많으니 그런 걸 먼저 생각하라고. 성적이나 친구 문제로 고민하는 것도 한 번을 못 봤어. 걔는 늘 자기 몫을 부족함 없이 해냈고.

그런데 왜 무섭고 싫었어요?

…….

아까 아줌마가 말했잖아요. 지형이가 비밀을 만들까 봐 무섭고 싫어서.

너희들 나이엔 사춘기란 게 있잖아. 부모한테 그거는 굉장히 어려운 문제고 복잡한 사건이야. 어떻게든 알아야 할 거 아니니. 내 자식이 무슨 생각을 하고 사는지.

그럼 아줌마는 죽고 싶을 때 없어요?

어떻게 그런 생각을 하니. 자식 두고, 가족 두고 어떻게 나만 죽을 생각을 해.

나는 도리질을 하며 와우 어메이징, 하고 중얼거렸다. 보호자의 얼굴에 분노가 차올랐다. 나는 그 분노를 기다렸다는 듯 말을 쏟아냈다.

아줌마, 지형이 긍정적인 애 아니에요. 걔가 세상에서 제일 혐오하는 사람이 자기였어요. 자기를 일단 형편없는 인간이라고 생각하면 실패를 당연하게 받아

들일 수 있으니까. 죄책감 없이 자기 실패를 남의 것처럼 경멸할 수 있으니까. 자기를 깔보는 거, 그게 가장 쉬운 방법이니까.

그건 사실 지형이 판단하는 영주에 관한 말이었다. 지형은 영주가 스스로를 너무 하찮고 우습게 여기는 모습을 보는 게 불편하다고, 받아주기가 점점 힘들다고 했다. 지형이 그렇게 말해서 내심 안도했었다. 지형이 내 앞에서 영주를 평가한다고 느꼈으니까.

무슨 말인지 모르겠다. 우리 지형이는 실패한 적 없어. 뭐든 기대만큼 해냈어.

보호자는 자세를 고쳐 앉으며 확신에 찬 목소리로 말했다.

거짓말. 솔직히 지형이가 1등은 아니잖아요. 1등 아니면 죄다 루저가 되는 세상에서 지형이만 실패할 리 없다고 어떻게 말해요? 지형이한테 다 들었어요. 지형이 성적 조금만 떨어져도 아줌마 아저씨가 어떤 비관적인 말을 늘어놓는지. 아줌마 아저씨는 지형이가 반드시 외무고시 봐야 한다고 말했잖아요. 어쨌든 5급부터 시작해야 한다고. 걔가 진짜 원한 게 뭔지는 아세요?

지형은 언어학과에 가고 싶다고 했지만 나는 지

형의 말을 믿지 않았다. 정외과나 경제학과 아니면 로스쿨에 갈 거라고 생각했다. 지형이 정도 레벨이면 거의 그쪽으로 가니까. 솔직히 싫었다. 지형에게 첫사랑 따위가 있다는 사실이. 지형이 같은 애가 그런 추억까지 갖고 있는 게 짜증 났다. 첫사랑 따위 거짓말이고 핑계여야 했다. 커닝을 하려고 비밀문자를 만든 거여야 했다. 그래야 공평하지. 나는 지형이도 1등을 원했을 거라고 믿어버렸다. 말하지 않을 뿐, 그런 걸 바라지 않을 수는 없을 거라고. 보호자는 핸드폰을 켜서 내 눈앞에 들이밀었다.

내가 너한테 들어야 할 말이 있어서 여태 고분고분 다 듣고 있었다. 근데 네 태도를 보니까 아주 어른을 우습게 알고 악질이야. 너 같은 애가 우리 지형이랑 친했다는 것도 이제는 믿을 수가 없지만 그래도 우리 똑똑한 지형이가 진실을 파헤치라고 우리한테 남겨놓은 게 있으니까.

보호자는 지형의 핸드폰에서 통화 목록을 켠 뒤 내 눈앞에 들이밀었다.

지형이가 마지막으로 통화한 사람이 너야. 너랑 30분 넘게 통화하고 요상한 쪽지를 남기고 사라진 거

야. 그때 대체 무슨 얘길 한 건지 이젠 말하는 게 좋을

거다.

지형은 영주 꿈을 꿨다고 했다. 영주가 다쳐서 움
직이지 못하고 아파하는데 자기는 자꾸 웃었다고 했다.
웃음을 그칠 수 없어서 괴롭다가 끝내 무서워졌다고.

나는 위로하기 위해서 대꾸했다. 네가 왜 죄책
감을 가져. 우리끼리 말했었잖아. 걔 조울증 같다고.

지형은 울면서 말했다.

넌 아무것도 몰라. 우리는 정말 얘기가 잘 통했
어. 영주랑 얘기하다 보면 세상이 완전히 다르게 보였
어, 잠깐이라도. 하늘이 하늘로 보이고, 나무의 세월이
보이고, 바람이 느껴지고, 살아 움직이는 모든 것이 신
기하고, 살아서 숨을 쉬고 생각하는 나도 신기했어. 그
런 걸 느낄 때면 정말 다르게 살 수 있을 것만 같았어.
근데 그렇게 좋은 걸 같이 나누고도 나는 영주한테 꺼
지라고 말한 거야. 그 순간을 못 참고 내 공부가 중요하
다고. 내가 경멸하는 인간들이랑 나는 다를 게 하나도
없어.

지형의 말을 들으며 상상했다. 다친 영주를 바
라보며 입이 찢어지도록 웃는 지형을. 나는 지형이 웃

길 바랐다. 나는 지형의 우는소리가 싫었다. 지형과 우는소리는 어울리지 않았다. 한편으로 짜증이 났다. 넌 정말 다 가지려고 하는구나. 다르게 살고 싶다고? 그냥 1등을 바라면 안 돼? 그게 우리의 가장 중요한 가치라고 인정하면 안 돼? 너도 그렇게 말했잖아. 3학년 됐으니까 입시 해야 한다고. 전공어 내팽개치고 국영수만 졸라 파고 있다고. 딱 거기까지만 하면 안 돼? 돈과 명예 말고, 우리가, 또 다른 가치를 가져야만 해? 사랑, 희생, 정의, 존엄 같은 것을 중요하다고 생각해버리면 삶이 복잡하게 꼬일 것만 같았다. 그런 가치를 추구하느니 조롱하는 편이 쉬웠다. 지형은 어째서 영주와 그런 걸 나누었지? 나는? 나와는 통하지 않았나? 나는 지형이 앞으로도 쭉 이렇게 말하는 사람이길 바랐다. 씨발 존나 걸리적거리니까 방해하지 말고 꺼져.

나는 지형을 위로하기 위해 말했다. 걔가 짜증나게 군 건 사실이잖아. 다른 때도 아니고 시험 기간에 걔가 그러면 안 됐던 거지. 솔직히 민폐잖아. 걔만 힘들어? 우리 다 힘들어.

지형이 자책할수록 나는 냉정하게 말할 수밖에 없었다. 자기 탓이라는 지형에게 그래 네가 좀 심했지,

하고 대꾸할 수는 없지 않나. 지형을 구렁텅이에서 어서 꺼내주려고 나는 말했다. 지형아, 네 탓 아니야. 우리 중에 성적 스트레스 없는 애가 어디 있어. 근데 걔는 그걸 네 탓으로 돌리고 싶었던 거야. 그래서 너한테 들러붙은 거야. 솔직히 네가 틀린 말 한 거 아니잖아. 그런 애들 걸리적거리잖아. 영주처럼 나약한 애는 언제 죽어도 죽었을 거야.

아줌마는 아무것도 몰라요. 영주는 죽고 지형이는 사라졌어요. 그게 무슨 의미겠어요?

보호자는 두 손으로 숄더백을 꽉 움켜쥐었다. 나를 때리지 않기 위해 애쓰는 것 같았다. 보호자가 손을 치켜들어 내 머리통을 세게 때리기를 나는 바랐다. 그럼 멈출 수 있을 것 같았다.

아줌마는 어떻게 확신해요? 지형이는 절대 스물세 명에 포함될 리 없다고? 지형이가 그렇게 특별해요? 왜 지형이만 특별해요?

보호자가 숄더백을 휘둘렀다. 나는 피하지 않았다. 지형의 핸드폰이 바닥으로 떨어지며 액정이 깨졌다. 영주 같은 애는 언제 죽어도 죽었을 거라는 내 말을 듣고 지형은 한동안 말이 없었다. 절대 깨질 것 같지 않

던 침묵. 지형과 나 사이에 새까맣고 숨 막히는 우주 공
간이 들어차는 것만 같았다. 우주가 내게서 등을 돌린
것만 같았다. 서영광이 또 있네. 지형은 중얼거렸다. 리
틀 서영광이네, 완전. 지형은 마침내 울음을 그쳤다.

　　내 머리로 짐작할 수 있는 지형의 작전은 복잡
하지도 거창하지도 않다. 지형은 사라지고 싶어서 사
라졌다. 그리고 돌아올 것이다. 돌아온 지형이 예전처
럼 학교를 다니고 공부하고 떠들고 웃고 장난을 치더라
도 지형의 마음에 나는 없을 것이다. 나란히 앉아서 동
시에 별똥별을 보고 비밀을 나누는 순간 같은 거, 이제
다시는 없을 거란 말이다. 나는 지형이 부러웠다. 지형
처럼 되고 싶었지만 불가능해서 지형의 베스트가 되려
고 했다. 하지만 내가 정말 베스트였다면 지형은 영주
가 아니라 나에게 씨발 존나 걸리적거리니까 꺼지라고
말했을지도 모른다. 지형은 절대 스스로 죽을 애가 아
니다. 그런데 어째서 영주라면 그럴 수도 있다고 생각
했던 거지? 그럼 나는 대체 어떤 사람이지? 우리는 그
럴 만한 애도 아니고 그럴 애가 아닌 애도 아니고, 그냥
다 알 수 없는 애들이다. 첫 번째 모른다는 대답에 앞선
질문은 이것이었다. 너는 우리 지형이가 사라진 이유를

알고 있니. 모른다고 대답해놓고 나는 지금까지 말했다. 적어도 절반은 말했다. 내가 전부를 말하더라도 보호자는 이해하지 못할 것이다. 영주의 죽음을 두고 우리가 나눴던 대화처럼, 겨우 그런 이유로 가출하는 게 말이 되느냐고, 진실은 따로 있을 거라고, 어서 진실을 내놓으라고 요구할 것이다. 보호자는 숄더백으로 내 팔을 계속 후려쳤다. 하나도 아프지 않았다. 중심을 잃고 그냥 픽 쓰러지고 싶었다. 쓰러져도 고물은 아닌 존재로 살고 싶었다. 하지만 서영광 같은 어른들은 내가 쓰러져도 쓰러졌는지 모를 거다. 쓰러진 게 아니라 처음부터 고물이었다고 생각할 거다. 지형이는 어디 있을까. 쉼터 같은 곳에서 쉬고 있을까? 영주가 죽어서 지형이는 쉬고 있을까? 나는 1프로에 속하고 싶었다. 1프로도 안 되는 존재에 속하고 싶진 않았다. 이런 내 마음이 거짓일까 봐 두려웠다.

금요일

점심시간이 끝나갈 무렵 가방을 싸 들고 교실을 나오기 직전에, 아니, 가방을 싸기 직전에 나를 떠민 생각은 '도저히 못 봐주겠다'였다. 이젠 진짜 이곳을 견딜 수가 없다는 생각. 당장 벗어나지 않으면 폭발해버릴 것만 같았다. 씨발, 너 작작 좀 해! 소리 지르면서 주희에게 돌진해 넘어뜨리고 밟아버리고 싶은 충동을 간신히 참았다. 내가 정말 그랬다면? 주희 또한 참지 않고 나를 발로 찼겠지. 우리는 서로의 교복과 피부와 머리카락을 움켜잡고 책상에 의자에 부딪치며 격렬하게 싸웠을 것이다. 내가 그렇게 싸울 수 있는 사람인가? 모르

겠다. 아직 한 번도 그렇게 싸워본 적 없으니까. 근데 그
때 폭발 직전의 마음을 되새겨보면 나는 정말 죽을 각
오로 주희와 싸웠을 거다. 그리고 선생님이 달려왔겠
지. 상담실로 우리 둘을 불러서 싸운 이유를 묻고 화해
하라고 재촉했겠지. 화해할 수 없는 우리를 억지로 악
수하게 했겠지. 내가 시키는 대로 하지 않는다면? 학폭
이나 생기부나 벌점 얘기를 꺼내면서 일을 크게 만들고
싶으냐고 협박했겠지. 좋게 좋게 넘어가자고 말했겠지.
좋게 좋게. 나는 그 말을 증오한다.

　　책가방을 싸 들고 도망치듯 교실을 나와 복도를
걷다가 이대로 떠날 수는 없다는 생각으로 (사실 그런 생
각은 조금 뒤에 들었고 몸이 먼저 움직였다) 뒤돌아서 빠르게
교실로 돌아갔다. 주희는 그때까지도 수완의 몸을 볼펜
으로 쿡쿡 찌르면서 웃고 있었다. 맞잖아, 너 이런 거 좋
아하잖아, 너 이런 거에 쾌감 있잖아, 몸 쑤시는 거 좋아
하잖아, 코맹맹이 소리로 말하면서. 나는 주희가 앉아
있는 의자를 발로 차서 밀어버렸다. 주희가 바닥으로
나가떨어지는 걸 보고 '어, 나 생각보다 힘이 센가?' 생
각했다. 이게 미쳤나! 주희가 자리에서 발딱 일어나며
소리 질렀다. 그리고 아이들을 둘러보며 말했다. 야, 니

들 봤지? 얘가 나 발로 차는 거 봤지? 두 손으로 내 몸을 툭툭 밀치는 주희에게는 눈길도 주지 않고, 주희보다 더 충격받은 것처럼 보이는 수완에게 따지듯 물었다. 야, 너는 웃겨? 너는 널 괴롭히는 게 웃겨서 같이 처웃고 있어? 싫으면 싫다고 말을 하든가! 수완은 주희를 힐끗 쳐다보곤 울상을 지으며 대꾸했다. 니가 무슨 상관인데. 니가 뭔데 나한테 이래라저래란데.

　　주희는 나를 괴롭히지 않았다. 주희는 나를 투명인간처럼 대했다. 하지만 나는 견딜 수 없었다. 특권의식에 찌든 고주희의 폭력적인 말과 행동을. 애들을 깔보는 듯한 그 눈빛을. 고주희의 할아버지는 우리 학교의 교장이고 큰아버지인가 삼촌인가는 학교 재단에서 한자리를 차지하고 있(다고 들었)다. 그래서인지 고주희가 저지르는 경악스러운 짓은 전부 '장난'으로 둔갑해버렸다. 교실 또는 학교가 사회의 축소판이라는 말은 나도 들어봤다. 선생님들은 사회에 나가면 이보다 더하다, 지금이 좋은 때란 걸 알아야지, 너희는 학생 신분으로 보호를 받지 않느냐, 너희가 할 일이 공부 말고 또 뭐가 있느냐, 사회는 전쟁터다 등등의 말로 우리를 협박했다. 공부 잘해서 대학 간판을 잘 따는 건 성능 좋은 무기를

갖는 것과 다를 바 없다고, 남들이 칼 한 자루 들고 싸울
때 탱크 타고 싸우는 것과 같다고 수학 선생님은 말했
다. 나는 그런 비유 자체가 끔찍했다. 내가 전쟁터에서
사람 죽이겠다고 지금 미적분을 배우는 건가?

　　내 가방을 잡아채려는 주희의 손을 거칠게 뿌리
치며 교실을 빠져나왔다. 사회에 나가면 주희와 주희의
추종자 같은 인간이 수두룩 빽빽하겠지. 어떤 사람들
은 주희의 폭력성과 그것을 가능케 하는 배경을 싸잡아
서 능력이라고 말하겠지. 그러면서도 마블 시리즈의 히
어로들에게 열광하겠지. 인간은 정말 엉망진창이다. 계
단을 빠르게 내려가는데 뒤에서 나를 부르는 소리가 들
렸다. 소희와 유리 같았다. 야, 어디 가! 어디 가는 건데!
나는 돌아보지 않고 달렸다. 학교를 벗어나기 위해 전
속력으로 달렸다.

　　　　　　　　　　　*

　　현관문을 열자 주방에서 이지 목소리가 들렸다.
　　할머니?
　　나야.

언니?

신발을 벗고 주방으로 갔다. 이지는 식탁에 학습지를 펴놓고 앉아 있었다. 이지 맞은편 의자에 털썩 주저앉았다.

언니, 손.

이지가 엄지와 검지로 잡은 연필을 까딱까딱 움직이며 말했다. 나는 자리에서 일어나 싱크대에서 손을 씻으며 물었다.

혼자 있어? 할머니는?

마트. 근데 언니 왜 일찍 왔어? 아파?

어…… 응.

배 아파? 머리 아파? 기침해?

어…… 감기.

이지는 몸을 돌려 내 이마를 향해 손을 뻗었다. 손바닥으로 내 이마를 지그시 누르고 다른 손은 자기 이마에 얹으며 중얼거렸다. 내가 더 뜨거운 거 같은데. 나는 엉거주춤 선 채로 이지의 학습지를 훑어봤다. 1번부터 24번까지 모두 비슷한 뺄셈 문제인데도, 문제를 풀면서 다른 생각을 했는지 아니면 공식을 헷갈렸는지 14번부터 20번까지는 틀린 답이 적혀 있었다. 24−17의

답을 11이라고 적는 식으로.

　14번부터 20번까지 다시 풀어.

　이지는 내 말을 듣지 않고 학습지를 다음 장으로 넘겼다.

　14번부터 20번까지 틀렸다니까.

　이지는 대답 없이 25번 문제, 45−19란 숫자를 가만히 내려다보더니 26이라고 적었다. 몰라서 틀린 게 아니구나 싶어서 다시 말했다.

　장이지, 14번부터…….

　학습지 앞장을 펼쳐 보이며 이지는 대꾸했다.

　알겠는데 언니야, 이거 전부 내가 푼 거 맞거든. 그리고 나는 100점 맞고 싶은 게 아니고 오늘 할 거 빨리 해치우고 놀고 싶은 거거든.

　틀리면 야단맞잖아.

　상관없어.

　몰라서 틀린 것도 아닌데 억울하잖아.

　이지가 짜증 섞인 눈빛으로 나를 보면서 대꾸했다.

　아, 나는 이거 푸느라고 못 노는 게 더 억울하거든!

　그렇게 말하면서도 오늘 분량의 학습지를 스스로 풀고 있는 이지의 하얀 가르마를 멀뚱히 쳐다보며 이지 나이 때의 나를 떠올렸다. 구구단을 남들만큼 빨리 외우지 못해서 고생했던 기억이 선명하다. 5단까지는 금방 외웠는데 7단부터는 계속 틀렸다. '그래도 열심히 하면 외울 수 있을 거야'라는 생각은 절대 들지 않았고, 해가 지고 밤이 될 때까지 구구단을 완벽하게 외우지 못해서 교실에 혼자 남게 되면 어쩌나 하는 공포뿐이었다. 당시에 아이들끼리 돌려 읽던 환상공포 소설책이 있었는데, 그중에 음악실 귀신 이야기가 특히 무서웠다. 돌림노래의 저주에 걸려 학교에 갇힌 귀신 이야기였다. 자기 파트를 대신 부를 희생자 아이를 선택해서 그 아이에게 똑같은 저주를 걸어야만 귀신은 자유를 얻고 학교를 벗어날 수 있었다. 귀신은 친절하고 상냥한 아이나 내성적이고 외톨이인 아이를 노렸다. 하지만 귀신이 노리는 아이들은 또 귀신같이 결정적인 순간에 귀신의 저주를 아슬아슬하게 피해 갔다. 계획에 계속 실패해서 조급해진 음악실 귀신은 마침내 누구도 상상하지 못한 새로운 작전을 짜는데, 그건 바로 성적 스트레스를 받는 아이와 협상하는 것이다. 귀신은 성적을 올려야 한다는 압박에 시달리는 아이를 찾아내서 네가 오늘 밤 12시에 음악실에서 나 대신 노래를 불러준다면 앞으로 평생 1등을 놓치지 않게 해주겠다는 조건을 제시한다. 사실 그건 지킬 수 없는 약속인 것이 그 아이가 귀신의 노래를 대신 부른다는 건 저주에 걸렸다는 뜻이고 그렇다면 시험을 칠 필요도 없으니까……. 나는 귀신과 협상이라도 해서 교실을 벗어나고 싶었다. 귀신조차 찾지 않는 나는 이미 글러먹었기 때문에 평생을 학교에 갇혀 있다고 해도 구구단의 9단까지는 절대 외울 수 없을 것이라는 절망적인 생각뿐이었는데…… 근데 어쩌다가 다 외웠지?

이지야, 너는 학교가 좋아?

당연하지.

뭐가 좋은데?

지민이랑 하늘이랑 소율이가 있으니까.

친구들이랑은 안 싸워?

싸우는 애들도 있어.

너는 안 싸워?

난 싸우는 거 싫어해.

그래도 누가 너한테 싸움을 걸면?

싫어하지, 뭐.

이지는 오른손으로 지우개의 끝을 조금씩 부스

러뜨리면서 왼손에 연필을 쥐고 문제를 풀었다. 애가 학교 들어가기 전에 오른손잡이로 고쳐놔야 하는 것 아니냐고 할머니는 자주 말했었다. 다들 오른손을 쓰는데 혼자 왼손을 쓰면 민폐가 될 수도 있다고. 할머니의 야단을 듣기 싫었는지 이지는 할머니 앞에서는 오른손을 쓰는 시늉을 했다. 그래서 당연히 밥과 반찬을 흘렸다. 할머니는 흘리지 말고 먹으라고, 학교 가서도 그렇게 흘리고 먹으면 좋지 않은 소리를 들을 거라고 잔소리를 했다. 이지는 자기 오른손을 꼬집고 때렸다. 식탁과 책상 모서리에 오른손을 일부러 부딪쳤다. 오른손이 아프면 오른손을 사용하지 않아도 되니까. 그럼 왼손으로 밥도 편하게 먹고 그림도 잘 그릴 수 있으니까. 그 일 때문에 엄마와 할머니는 ('이지를 위해서'라는 같은 말로 시작하는 정반대 주장을 하며) 크게 싸웠다. 엄마와 할머니가 싸우는 바람에 이지는 자기 오른손을 더 미워하게 됐다. 나는 스티커와 장난감 반지와 팔찌 등을 잔뜩 사서 이지의 오른손을 화려하게 꾸며줬다. 손톱에 스티커를 붙인 채 잠든 이지를 바라보며 엄마는 중얼거렸다. 자기는 어릴 때부터 왼손잡이가 그렇게 멋있어 보였다고. 그래서 자기도 왼손으로 글씨를 쓰려고 엄청 노력

했지만 결국 포기했다고. 오른손으로는 너무 쉬운 것들이 왼손으로는 안 되더라고. 그날 밤에 나도 왼손으로 글씨를 써봤다. 글씨는 알아볼 수 없을 만큼 엉망이었다. 오른손으로 글씨를 쓸 때는 힘을 쓴다는 느낌이 전혀 없었는데 왼손으로 연필을 잡으면 힘을 주지 않으려고 해도 과하게 힘이 들어갔다. 내 몸인데도 내 마음대로 쓸 수 없다는 사실에 약간 충격을 받았었지. 이지는 그때 일을 기억할까?

이지야, 너 학교에서 밥 먹을 때 친구들이랑 팔 부딪치거나 그러진 않아?

이지는 대답 없이 문제를 풀었다. 아무래도 나를 귀찮아하는 것 같아서 가방을 들고 내 방으로 들어갔다. 내가 중학교를 졸업하던 해에 우리는 이 집으로 이사했다. 엄마의 이름으로 (대출을 왕창 받아서) 구매한 첫 집. 지은 지 30년 넘은 아파트여서 이사하기 전에 수리할 곳이 많았다. 화장실 타일과 변기, 세면대, 벽지와 장판, 보일러는 새것으로 바꾸었지만 싱크대와 문짝, 조명 등은 바꾸지 못했다. 발코니 확장 공사도 다음으로 미뤘다. 이사하는 김에 가전제품이나 가구를 바꾸자는 계획도 취소했다. 그래도 난생처음 자기만의 방을 가질 이지에게 책상과 침대는 사주자는 쪽으로 의견을 모았는데, 뭐 또 어떻게 하다 보니까 내 책상을 사게 됐다. 이지와 나는 아홉 살이란 나이 차이만큼 몸집 차이도 컸다. 나는 초등학생 때 쓰던 책상을 그때까지 쓰고 있었고, 이지가 초등학생이 되면 그 책상을 쓸 수 있을 것 같았고, 이지는 나만큼 (어쩌면 나보다 더) 자랄 것이고, 고등학생인 내 몸에 맞는 책상을 산다면 이지가 자라서 또 쓸 수 있을 테니까. 엄마가 그런 사정을 설명하면서 언니 책상을 물려받아도 괜찮겠느냐고 물었을 때 이지는 이렇게 대답했다고 한다.

저 책상이 왜 언니 거야? 내 건데.

이지 책상이라고?

언니는 매일 학교에만 있고 내가 더 많이 쓰잖아. 노는 날에도 언니는 밖에서 공부하고. 언니는 저기서 아무것도 안 해. 책이랑 쓰레기만 쌓아놓고.

그래도 언니가 이지만큼 어릴 때부터 쓰던…….

이지는 답답하다는 표정을 지으면서 방으로 가더니 엄마에게 이리 와서 책상을 좀 보라고 했다. 엄마는 방으로 들어가 이지가 가리키는 것을 봤다. 책상에는 고양이, 강아지, 곰, 고래, 코끼리, 기린, 나비, 열매,

만화 캐릭터 스티커가 (막 갖다 붙인 것 같지만 자세히 보면 나름의 규칙과 스토리를 가졌다고도 볼 수 있는 모양새로) 붙어 있었다. 이거 전부 내가 아끼는 스티커거든. 그래서 내가 맨날 보는 여기에 붙인 거야. 이지는 책상에 딸린 책장을 가리키며 이어 말했다. 여기도 봐, 내 물건이 훨씬 많잖아. 근데 이게 어떻게 언니 책상이야. 내 책상이지. 엄마는 천천히 고개를 끄덕이며 그래, 그렇네, 이건 이지 책상인데 우리가 여태 그걸 몰랐네…… 대꾸했다고 한다. 엄마에게 그 이야기를 전해 들으면서 나는 뜬금없이 '이지도 언젠가는 전세나 월세 개념을 배우겠지?'라는 생각을 했는데, 내 생각과 달리 이지는 그 단어를 이미 알고 있었다. 엄마가 쉬는 날 동네 돈가스집에서 외식을 하고 돌아오다가 부동산 가게에 붙은 전단지를 보고 저게 무슨 뜻인지 알아? 라고 물어봤더니 이지는 당연히 안다고 대꾸했다. 월세랑 전세가 무슨 뜻인지 안다고? 응, 친구들이 말해줬어. 이지는 엄마를 보며 덧붙였다. 우리는 28평 자가잖아. 맞지, 엄마? 그건 또 어떻게 아느냐고, 친구들이 우리 집이 자가인 걸 어떻게 알고 가르쳐줬느냐고 물었더니 그건 할머니가 전화로 누구한테 말하는 걸 들어서 안다고 이지는 대답했다. 그날 우리는 마트에 들러 녹을 제거하는 약품과 브러시를 사서 집으로 돌아왔다. 방문에 달린 경첩의 녹에 약품을 뿌린 뒤 브러시로 경첩을 빡빡 문대면서 엄마는 말했다. 이 집 사기 전에는 진짜 고민 많았지만 무리해서라도 사길 정말 잘한 것 같아. 10년 뒤에는 대출을 어느 정도 갚을 테고 그땐 이지도 자기 앞가림은 할 거니까…… 엄마의 말을 들으면서 나는 생각했다. 이지도 학자금 대출을 받아야겠지? 10년 뒤 나는 뭘 하고 있을까? 학자금 대출은 다 갚았을까? 그런 짐작은 그다지 희망적이지 않은 것 같았지만 그보다 희망적인 미래도 달리 없었다. 희망이란 정말 별게 아니구나. 남들처럼 사는 게 희망이라면 희망은 도처에 널렸구나…… 근데 왜 이렇게 불안하지, 절망적이지, 희망을 꿈꾸는데도 어째서…… 답이 없는 생각을 하면서 온 힘을 다해 녹을 문댔다. 이사하던 날에 엄마는 말했다. 서울 같은 대도시는 재개발 계획이다 뭐다 해서 낡은 아파트도 없어서 못 들어간다지만 우리는 그렇지가 않다고. 이제 여기서 평생 살아야 한다고. 이 집이 무너져야 나가는 거라고. 나는 엄마의 허벅지를 찰싹 때리면서 대꾸했다. 무섭게 왜 그런 말을 해. 우리 집이 무너지긴 왜 무너져. 엄마는 멋쩍은 표정으로 중얼거렸다. 이제 집 걱정은 안 해도 되니까 좋아서 하는 말이라고. 그러니까 그때 엄마의 말도 무척 희망에 찬 말이었던 셈이다. 우리는 어째서 희망의 말조차 무서운 상황에 빗대어 절망적으로 표현하는 이상한 말버릇을 가지게 된 걸까? 아무튼 당시에 책상을 사면서 마음이 무척 불편했었다. 이지가 가져야 할 새것을 내가 빼앗은 것만 같아서. 그래서 마음먹었다. 스무 살 넘으면 알바를 최대한 많이 해서 이지에게 책상을 사주겠다고. 새것에 가까운 헌 책상을 물려주지 말고 높낮이도 척척 바꿀 수 있는 최신형 책상을 사주고야 말겠다고.

*

핸드폰이 울렸다. 담임의 번호가 떴다. 받지 않았다. 머지않아 엄마에게도 전화가 오겠지. 현관문 여는 소리에 이어 할머니가 이지를 부르는 소리가 들렸다. 재빨리 옷을 갈아입고 방을 나갔다. 카트 형태의 장바구니에서 파 한 단과 양파를 꺼내던 할머니가 어리둥절한 표정으로 물었다.

왜 벌써 왔어?

언니 아프대!

주방에서 이지가 대신 대답했다.

근데 빵 같아!

후드 집업에 달린 모자를 뒤집어쓰면서 신발을 신었다. 어디 가? 할머니가 물었다. 도서관. 나는 짧게 대답하면서 현관문을 열었다. 할머니의 걱정과 한숨 소리를 뒤로하고 빠르게 계단을 뛰어 내려갔다. 놀이터에서 그네를 타며 놀고 있던 지민이와 소율이가 나를 보고 언니! 부르며 손을 흔들었다. 어, 그래, 이지도 금방 나올 거야! 묻기도 전에 대답하고는 아파트 후문을 빠져나왔다.

도서관에 거의 도착했을 때 엄마에게 전화가 왔다. 받지 않았다. 도서관 로비에 앉아 핸드폰 와이파이를 켜고 인터넷으로 고교 자퇴생에 대한 정보를 검색했다. 개인 블로그에 올린 자퇴 체험기, 검정고시 준비하는 방법, 검정고시 장단점, 내신 때문에 자퇴하는 사람을 위한 팁, 자퇴할 때 부모님 설득하는 요령 등 제목만 쭉 훑었다. 지난 두 달 동안 매일 보던 글 외에 새로운 정보를 찾을 순 없었다. 유튜브에 접속해서 새로 업데

이트된 동영상을 찾아보는데 엄마에게 다시 전화가 왔다. 진동하는 핸드폰을 가만히 내려다보며 오늘 밤에는 엄마와 제대로 승부를 봐야겠다고 생각했다.

여름방학 끝날 무렵 엄마에게 처음으로 말했다. 학교를 그만두고 싶다고. 엄마는 이유를 물었고 나는 학교가 너무 싫어, 라고 대답했다. 그건 내가 초등학생 때부터 많이 했던 말이다. 방학이 끝날 때마다, 운동회나 소풍 같은 행사가 있을 때마다, 월요일마다 금요일마다. 초등학교 4학년 때였다. 새벽에 눈을 떴는데, 아침이 오면 학교에 가야 한다고 생각하자 잠이 확 깼다. 아침이 오지 않으면 좋겠다고 생각하다가 울어버렸다. 옆에 누워 있던 엄마가 잠에서 깼고, 그땐 완전히 작은 아기였던 이지도 울음을 터뜨렸다. 엄마가 이지를 겨우 달래서 다시 재울 때까지 나는 벽에 기대앉아 (이지 눈치를 보며 소리를 최대한 내지 않고) 울었다. 파랗게 밝아오는 창을 바라보며 지친 목소리로 엄마는 물었다. 울지 말고 말해봐. 학교에서 애들이 괴롭혀? 선생님이 나쁘게 해? 물론 나를 괴롭히는 아이도 있었고 나쁘게 하는 선생님도 있었으나 그런 이유 때문은 아니었다. 매일 똑같은 시간까지 학교에 가야 하는 것, 자리에 꼼짝없이 앉아 선생님이 시키는 대로 해야 하는 것, 아이들끼리 우르르 몰려다니면서 비슷한 얘기나 놀이를 해야만 하고 그러지 않으면 이상한 애가 되는 것, 남들보다 느리거나 못하면 잘못이 되고 놀림을 받는 것이 싫었다. 그런 걸 이상하다고 생각하는 나를 더 이상하게 생각하는 사람들이 학교에 다 모여 있었다. 하지만 당시에는 그런 말을 조리 있게 못 했다. 그냥 싫어, 학교 싫어, 학교랑 나랑 너무 안 맞아, 질질 울면서 중얼거리기나 했지. 그날 나는 아침이 밝은 뒤에야 다시 잠에 들었고 학교는 결석했다. 초등학교 다닐 때는 그런 날이 여러 번 있었다. 중학생이 되면서는 철이 좀 들었고 엄마한테 미안한 마음도 생겨서 학교가 싫다는 말을 많이 하진 않았다.

그래, 너는 학교를 싫어하지. 나도 알아.

학교에 있어야 하는 시간이 너무 아까워.

지금까지 다닌 시간은 안 아깝고?

내가 학교를 거의 10년을 다녔잖아. 그 정도면 할 만큼 했다고 봐.

얼씨구.

학교에서 배울 거 인터넷으로도 다 배울 수 있어. 자퇴하고 검정고시 볼게.

대학은, 안 갈 거야?

그것도 차근차근 생각해볼게.

학교 다니면서 생각해도 되잖아.

학교에선 그런 걸 생각할 수가 없다니까. 엄마는 병원에서 그런 생각 해? 사람은 왜 사는지, 왜 죽는지, 그런 거 생각할 수 있어? 늙으니까 죽고, 아프니까 죽고, 수술이 잘되어서 살고, 초기에 발견해서 살고, 그런 표면적인 이유 말고 근본적인 이유를 생각할 겨를이 있어? 서류 보고 전화하고 응대하고 그러느라 정신없잖아.

나는 그런 생각 하려고 일하는 게 아니야. 돈 벌려고 하는 거지.

공부를 꼭 학교에서만 할 수 있는 게 아니라니까.

학교에서 공부만 하니? 학교는 네 나이에 겪어야 하는 과정 같은 거야.

나는 다른 과정을 겪고 싶어.

쉬운 길 두고 왜 어려운 길을 가.

나한테는 학교가 어려운 길이라니까.

좀, 합당한 이유를 대.

학교가 너무 싫다는 이유보다 더 합당한 게 있어?

그거랑 늙으니까 죽는다는 거랑 뭐가 다르니?

　　그날의 대화는 그렇게 흐지부지되었고 나는 매일 자퇴를 생각했다. 아무리 생각해봐도 학교에서 보내는 시간이 너무 아깝다. 1년 하고도 조금 더 참으면 되는 게 아니라 1년 넘게 낭비했다는 생각뿐이다. 고3이 되면 완전히 입시 중심으로 굴러갈 텐데, 그런 분위기에서 버틸 자신도 없다. 내신과 학생부와 수능 외에 중요한 것은 없어질 게 뻔한데 그 상황에서 과연 곰곰이 생각할 수 있을까? 내가 진짜 원하는 게 뭔지? 인서울 대학의 취업 잘되는 학과라는 목표 바깥을 생각할 수 있을까? 나는 이미 정해져 있는 좁디좁은 선택지 안에서 떠밀리듯 미래를 선택하겠지. 그렇게 들어간 대학에서 나는 또 방황하겠지. 비싼 등록금을 내면서 남들 따라 자격증을 따고 영어 시험을 보면서 좁디좁은 선택지 안에서 뭐라도 잡아보려고 꿈틀거리겠지. 이거 뭔가 이상하다는 생각을 하면서도 휩쓸리듯 살아가겠지. 나는 그런 희망적인 삶을 예방하고 싶다. 핸드폰 진동이 다시 울렸다. 결국 이지 이름까지 뜨는구나. 이지 전화를 받지 않을 수는 없다. 이지에게 긴급한 일이 생겼을 아주 희박한 가능성을 무시할 수는 없으니까.

　　언니!

응.

엄마한테 전화해.

너는 친구들 만났어?

응. 우리 이제 자전거 타려고.

그래, 좋겠다. 차 조심하고.

내가 10분 있다가 언니한테 또 전화할 거야.

안 해도 돼.

엄마한테 전화했는지 확인할 건데.

그건 엄마한테 전화해서 물어보면 되지.

아, 맞네.

전화를 끊고 엄마에게 '퇴근하고 자세히 얘기합시다'라고 문자메시지를 보냈다. 답장을 기다리면서 핸드폰 메모장을 켰다. '자퇴하는 이유'라고 쓴 다음에 깜빡거리는 커서를 가만히 지켜보다가 방금 본 유튜브 채널에서 들은—이력서에서 고등학교 검정고시라는 글자를 보는 순간 아, 이 사람 뭔가 문제가 있구나, 라고 생각할 확률이 아주 높으니 신중하게 판단하라는—말이 떠올라 충동적으로 핸드폰 자판을 두드렸다. '도망 아니고 포기 아니고 선택하는 거다.' 갑자기 카톡 미리보기 창이 연달아 떴다. 단톡방을 열었다. '결국 사인을 못 받았다, 연극제 참여는 날아간 것 같다'는 소희의 메시지 아래로 비눗방울 같은 하얀 말풍선이 계속 올라왔다. 우리의 피와 땀은? 노력과 시간은? 교육청 게시판에 폭로하자, 대본을 바꾸자, 이제 와서 대본 바꾸면 연습은 언제 하냐, 문제가 되는 부분만 없애자, 그게 왜 문제냐, 그럼 연극에 남는 게 없잖아, 장하지 어디야, 어디로 사라졌어? 오늘 하지가 고주희 발로 찼잖아, 헐!!! 레알??? 아까 3반 완전 뒤집어졌잖아 등등의 문장이 둥실둥실 떠올랐다. 대화창에 '나 자퇴할 거야'라고 썼다가 지우고 '대본 바꾸고 싶으면 바꿔'라고 썼다. 전송 버튼을 누르고 이어 썼다. '근데 내가 수정하진 않을 거야' '난 다른 대본은 못 쓸 것 같아' 연달아 문장을 쓰고 전송한 뒤 단톡방 창을 닫았다.

*

고등학교는 그래도 좀 다르지 않을까 하는 기대가 아주 없진 않았다. 하지만 역시 어색했다. 똑같은 옷을 입은 아이들과 똑같은 시간까지 학교에 가서 한 방향만 바라보고 앉아 있다가 똑같은 밥을 먹고 우르르 하교하는 그 모든 과정이. 그래도 소희와 유리랑 친구가 된 건 좋았다. 소희와 유리 둘은 원래 친했다. 초등학교, 중학교를 같이 다녔다고 했다. 나는 소희와 잘 맞았고 유리와는 종종 싸웠다. 유리는 싸우면 금방 풀어야 하는 애다. 내가 잘못해서 내가 사과해야 마땅한 일에도 유리는 먼저 미안하다고 말하는 애다. 유리의 그런 성격 때문에도 몇 번 싸웠다. 자퇴하고 싶다고 진지하게 말했을 때 유리는 절대 안 된다고 했다. 내가 학교를 안 다녀서 우리가 매일 만나지 못하면 사이가 멀어질 수도 있다고. 유리가 그렇게 말하니까 왠지 코끝이 찡했다. 소희는 학교가 좋다고 말했다. 난 어릴 때부터 집보다 학교에 있을 때가 더 좋았어. 주말도 방학도 너무 싫었어. 소희의 말을 듣고도 코끝이 찡했다. 마음이 아파서.

　1학년 초에 복도에 붙은 연극반 모집 공고를 보고 같이 가입하자고 소희가 말했다. 소희는 연기를 하고 싶다고 했다. 연기를 하면 다른 사람으로 살아볼 수 있을 것 같다고. 유리도 연극반 가입에 적극적이었다. 고등학생이 되면 연극반에서 활동하는 게 꿈이었다고 말했다. 나는 연극에 관심 없었다. 사람들 앞에서 연기하는 나를 상상만 해도 토할 것 같았다. 하지만 동아리

하나는 의무적으로 해야 했다. 상설과 자율을 합해 서너 개 동아리 활동을 동시에 하는 아이들도 많았다. 소희는 연극반에 들기 전에 심리학연구반에 먼저 가입했다. 유리는 스피치 동아리에 가입했고. 연극반은 상설인 데다 인기가 많아서 경쟁률도 높았다. 가입 원서를 내면서도 나는 반드시 떨어질 거라고 생각했다. 근데 유리가 떨어졌다. 유리는 자기가 떨어졌다는 사실보다 내가 붙었다는 사실에 더 충격을 받았다. 나 또한 마찬가지였다. 대체 나를 왜 뽑은 거지? 선배들은 내게 '너 같은 애가 연극반에는 꼭 필요하다'고 했다. 처음에 나는 그 말을 이렇게 이해했다. 나처럼 연기에 소질 없는 애도 연극반 활동을 하다 보면 연기를 잘하게 된다는 것을 증명하겠다는 건가? 머지않아 알아차렸다. 연극반에는 배우 외에도 다양한 사람이 필요하다는 사실과 선배들이 내게 기대한 역할을. 우리는 1년 동안 선배들의 무대를 보고 도우면서 갖가지를 배웠다. 2학년이 된 뒤에는 우리가 주축이 되는 무대를 준비했다. 나는 영화 〈도그빌〉에서 아이디어를 얻어 대본을 썼다. 내용은 단순했다. 무대장치랄 것도 별로 없었다. 무대 바닥에 도면처럼 흰색 테이프를 붙여서 교실, 교무실, 화장실, 상담실, 저택 등의 구획만 나누고 장소를 알 수 있게 끔 깃발만 달았다. 각각의 장소는 문도 벽도 없이 완벽하게 오픈되지만 배우들은 흰색 테이프 너머는 보이지도 들리지도 않는 것처럼, 완전히 밀폐된 곳에 있는 사람들처럼 연기한다. 하지만 관객은 모두 보고 들으니까 알 수 있다. 교실에서 일어나는 폭력과 괴롭힘, 교무실에서 선생님들이 나누는 비겁하고 치사한 대화, 상담실에서 벌어지는 엉망진창 협상, 특권의식에 찌든 가족의 역겨운 저택 생활을. 대본은 진짜 빨리 썼다. 내가 보고 듣고 느낀 것에 상상을 조금만 더하면 되니까. 우리는 청소년 연극 축제에 참여할 계획이었다. 연말에 열리는 학교 축제에도 연극을 올릴 생각이었고. 1학기 동안 배역과 스태프를 정하고 연습을 했다. 대본 리딩을 하면서 입에 붙는 말을 찾아 대사를 많이 고쳤다. 무대에서 몸을 움직이며 연기하는 배우의 의견을 모아 동선을 다시 짜고 지문을 수정하면서 우리들의 무대를 조금씩 완성했다. 연극 축제에 지원서를 내려면 학교장의 추천서를 받아야 했다. 하지만 교장은 대본 내용을 문제 삼으며 사인을 해주지 않았다. 연극부 담당 선생님은 어떻게든 교장을 설득해보겠다고, 연습을 멈추지 말라고 말했지만…….

　　카톡 미리보기 창이 계속 떴다. 대본을 수정하자는 의견, 기존 소설이나 희곡을 각색해서 무대를 만들자는 의견, 선배들의 대본 중 하나를 받자는 의견이 올라와 있었다. 물론 다 때려치우자는 의견도 있었다. 나는 자책감에 빠졌다. 애초에 내가 너무 막가는 대본을 써서 친구들의 1년 계획을 다 말아먹은 것만 같았다. 하지만 다른 내용의 대본을 나는 쓸 수가 없었고 (다른 이야기를 생각할 수는 있었지만 문장으로 써지지가 않았다) 어쨌든 친구들도 내 아이디어에 동의했다. 어른들이 공연을 반대할 수도 있겠다는 짐작은 했지만 진짜로 반대할 줄은 몰랐다. 이 정도로 치사하게 굴 거라고는 생각하지 않았는데…… 사실 치사하게 굴지 않기를 바랐던 것에 가깝지만. 바보같이 그런 걸 왜 바랐을까 다시 자책감이 들었지만, 그런 게 바로 희망 아닌가? 학교 건물 정문에는 시퍼런 바탕에 흰 글씨(궁서체)로 이렇게 쓰여 있다. '꿈과 희망으로 가득한 우리의 미래.' 이번 무대를 준비하면서 소희는 자기가 진짜 좋아하는 것을 찾은 것 같다고 했다. 소희처럼 장래 희망을 찾은 건 아니지만 나도 (대본을 쓰고 무대를 겪으면서) 어쨌든 깨달은 바가 있

다. 그것부터 정리해보려고 메모장을 열었다. 방금 전
에 쓴 문장—자퇴하는 이유 도망 아니고 포기 아니고
선택하는 거다—옆에 커서가 깜빡이고 있었다. 생각나
는 대로 문장을 이어 썼다.

근데 도망가는 거면 뭐 어때 글로 쓰는 건 싫다
직접 보여주고 싶다 살아 움직이는 사람들을 있는 그대
로 현실을 언젠가는 카메라 들고 다니면서 다큐 만들고
싶다 카메라 비싸겠지 우선 핸드폰으로 세계는 넓고 우
주는 뭐라 말할 수도 없고 인간은 너무 작고 아주 많은
데 어째서 다들 비슷하게 살아야만 하는 거지 더 다양
한 선택지를 알고 싶다 인생 주관식이고 정답은 죽을
때나 아는 거지 후회도 희망도 내가 하는 건데 어째서
다른 사람 도장이 필요하지 내가 내 인생 망치겠다는
것도 아닌데 살아보겠다는데

쓴 것을 천천히 읽은 뒤 핸드폰 자판의 ←에 검
지를 대고 맨 뒤에서부터 한 글자씩 지우다가 갑자기 아
이디어가 떠올라 단톡방을 열었다. 대화는 확실한 결론
없이 잠잠해진 상태였다. 대화 입력창에 '이런 건 어때'

라고 쓰고 전송 버튼을 눌렀다. 이어서 나의 의견을 거칠게 전했다. 대본을 각자 쓰는 거야. 지금 좋아하는 것, 싫어하는 것, 가장 듣고 싶은 말, 하고 싶은 말, 아무리 생각해도 알 수 없는 것, 가장 큰 고민, 각자 꿈꾸는 미래 다 좋아. 예를 들어서 잠자는 게 제일 좋으면 그냥 그걸 쓰는 거야. 자면서 꾸는 꿈을 보여주는 거야. 아무튼 그런 걸 짧은 장면으로 써서 다 모으자. 스토리나 기승전 결이나 교훈 같은 거 신경 쓰지 말고 지금 우리에게 중요한 걸 모아서 무대에 올리자. 흰 테이프만 붙여놓은 지금 무대에 그대로. 아무도 보지 않고 듣지 않을 때 우리가 진짜로 원하는 사소하고 비밀스럽고 위대한 것을.

*

이지는 거실 소파에 앉아 만화책을 보고 있었다. 밥 먹으라고 했더니 할머니가 김밥 쌀 때 옆에서 많이 먹어서 배부르다는 대답이 돌아왔다. 그렇게 말하면서도 이지는 바나나 맛 과자를 집어 먹었다. 식탁에는 각종 밑반찬을 넣어서 만든 김밥과 미역국이 놓여 있었다. 할머니는 목욕탕에서 반신욕 중이었다. 미역국을

후루룩 마신 뒤 엄마가 물었다.

　누구를 발로 찼다면서.

　나는 고개를 끄덕였다.

　왜?

　걔가 애들 괴롭혀서.

　선생님 말로는······.

　장난친 거라지? 엄마는 누가 이지한테 장난이라면서 계속 괴롭히면 어떨 것 같은데?

　엄마는 김밥을 두어 개 집어 먹었다.

　그래도 널 괴롭힌 게 아니잖아. 근데 왜 발로 차.

　나는 이지를 불렀다. 이지는 만화책에서 눈을 떼지 않고 왜! 하고 대꾸했다.

　있잖아, 만약에 어떤 애가 하늘이를 때리고 괴롭히면 넌 어떡할 거야?

　선생님한테 말해야지.

　선생님 말도 안 듣는 애면?

　우리는 그런 애랑 안 놀아.

　안 놀아도 계속 괴롭히면?

　이지는 만화책을 다음 권으로 바꿔 들면서 귀찮다는 듯 대꾸했다.

아, 언니 문제는 언니가 해결해, 좀!

엄마가 피식 웃었다.

아무튼 월요일에 학교 가서 사과해. 걔가 뭘 어쨌든 먼저 발로 찬 건 잘못한 거잖아.

그럼 나 자퇴해도 돼?

엄마는 김밥을 우물우물 씹으며 나를 쳐다봤다.

나 진짜 오래 생각했어. 엄마도 알잖아.

엄마는 목이 메는지 가슴을 주먹으로 치고 물을 마셨다. 너도 좀 먹어. 엄마가 내 앞으로 김밥 접시를 밀면서 말했다. 엄마와 나는 말없이 김밥을 먹었다.

합당한 이유는 찾았어?

젓가락을 내려놓으며 엄마가 물었다. 나는 입 안으로 계속 굴리던 말을 신중하게 내뱉었다.

일단 내가 이대로 3학년이 된다고 쳐. 그럼 입시 준비하겠지? 대학에 가거나 가지 않겠지? 근데 그건 내가 원하는 속도가 아니야. 지금 내 나이에는 진로를 찾는 게 가장 중요하다고 말들 하잖아. 그렇게 중요한 거라면 나는 휩쓸리듯 하고 싶진 않아. 내 속도에 맞게 하고 싶어.

입시가 싫다는 거야?

아니, 그 시기를 내가 선택하고 싶다는 거야.

너의 그런…… 속 깊은 생각도 그동안 학교에 다닌 세월이 있어서 할 수 있는 거라는…… 그런 좀 더 속 깊은 생각은 안 들고?

화장실에서 나온 할머니가 발코니로 가서 수건을 탁탁 털어 널었다.

난 진짜 할 만큼 했다고 생각해, 엄마.

다들 하고 사는 거야.

다른 걸 해볼래.

어떻게 너 하고 싶은 것만 하고 살아.

아, 그런 말이 아니잖아.

답답해서 한숨을 내쉬었다. 엄마는 의자에서 일어나 냉장고 문을 열고 맥주 캔을 꺼냈다. 선풍기 앞에 앉아 머리카락을 말리던 할머니가 나른한 목소리로 말했다. 그것 좀 그만 마셔라. 어떻게 하루를 안 거르냐. 엄마는 억울하다는 표정으로 대꾸했다.

엄마, 이건 나한테 술이 아니야. 영양제야. 박카스 같은 거야.

말은 바로 해. 술은 술이지 무슨.

겨우 맥주잖아. 그냥 놔둬. 퇴근한 다음에는 나

도 숨 좀 쉬자.

보고 배우는 애들 생각을 해야지, 어떻게 너 좋은 것만 하고 사니.

와, 내가 나 좋은 것만 한다고? 엄마는 진짜 그렇게 생각해?

엄마와 나의 대화는 엄마와 할머니의 언쟁으로 번졌다. 이지는 만화책을 들고 자기 방으로 향했다. 과자 봉지 치우고 들어가라는 할머니 말에 이지는 휙 돌아서서 봉지를 집어 들었다. 이지는 내일도 학습지를 풀겠지. 몇 문제는 맞게 몇 문제는 틀리게 풀고 친구들과 놀겠지. 엄마는 맥주를 서너 모금 마셨다. 할머니가 혀를 차며 텔레비전을 켰다. 저녁 8시 30분이 되면 거실 텔레비전은 할머니 차지다. 가족 중에서 할머니 말고는 아무도 궁금해하지 않는 (할머니도 내용이 궁금해서라기보다는 습관적으로 틀어놓는 것 같지만) 일일드라마를 하는 시간이니까.

엄마, 봐. 이런 거야.

나는 두 손바닥을 위로 펼치고 우리 모두를 둘러보며 말을 이었다.

우리 중에서 하고 싶은 것만 하고 사는 사람이

어디 있어. 엄마는 하고 싶은 대로 산다는 게 대체 무슨
의미 같아?

일일드라마가 끝나기도 전에 할머니가 앉은 채
로 잠들 거라는 걸 우리 모두 알았다. 방에 들어가서 주
무시라고 깨우면 아니다, 나 안 잤어, 다 보고 있어, 라
고 대꾸할 것이고 그런 식으로 두어 번을 더 깨워야 할
머니는 방으로 들어갈 것이다. 나는 할머니가 듣지 못
하도록 목소리를 낮춰 말했다.

엄마도 그렇잖아. 이혼이 좋아서 이혼한 건 아
니잖아.

엄마는 그 말을 기다렸다는 듯 맥주를 연거푸
들이켰다.

갑자기 그 얘긴 왜 꺼내. 자퇴랑 이혼을 어떻게
비교하니. 하…… 그게 얼마나 자존심 상하고 귀찮고
복잡한 일인지를 네가, 아…….

근본적으로는 같다고 봐.

엄마는 맥주 캔을 살살 돌리며 나를 빤히 쳐다봤다.

더 나은 삶을 위한 선택인 거지.

고개를 뒤로 젖히고 천장을 바라보며 엄마는 자
신을 격려하듯 어깨를 주물렀다.

엄마도 후회 안 하잖아. 나도 후회 안 할 거야.

비교할 걸 비교해. 너는 어른의 일을 너무 우습게 아는 경향이 있어.

나는 사과하듯 대꾸했다. 엄마의 삶을 우습게 생각한 적은 단 한 번도 없다고. 근데 어떤 어른들은 우습다고. 너무 웃겨서 상대도 하기 싫다고. 나는 지금 연극반에서 일어나는 일을 간략하게 말했다. 내 말을 끊지 않고 들으며 맥주를 조금씩 마시던 엄마가 뜬금없이 내뱉었다.

네가 이지만 할 때는 너무 조용하고 내성적이어서 걱정이었지.

난 지금도 그런 것 같은데.

모르겠다. 조용하고 내성적인 애가 같은 반 애를 발로 차고 자퇴를 고집하니.

그게 무슨 상관이야. 내성적이면 그러면 안 돼?

괜찮으니까 솔직히 말해봐. 학교에서 다른 일 있었던 건 아니야? 애들이 널 괴롭힌다거나 따돌려서…….

엄마, 그런 애들이 자퇴한다는 편견을 버려.

자퇴했다고 말하면 다들 그렇게 생각할걸. 너한테 문제가 있어서 그만뒀다고.

나는 엄마 눈을 똑바로 쳐다봤다. 내 주장을 펼치자고 엄마한테 상처를 주기는 싫어서 잠깐 고민했지만 오늘 밤에는 꼭 승부를 보기로 했으니…….

그럼 이혼한 사람들도 전부 문제 있는 사람들이야? 엄마도 그런 편견 싫어하잖아. 근데 왜 그렇게 말하는 사람들 입장에서 얘길 해? 그리고 말은 바로 해야지, 엄마. 괴롭힘을 당하는 애들이 아니라 괴롭히는 애가 문제인 거지.

갑자기 수완이 떠올랐다. 원망스러운 표정으로 울먹거리며 '네가 무슨 상관인데'라고 말하던 수완. 사과를 한다면 주희가 아니라 수완에게 하는 게 옳겠지만, 내가 과연 수완에게 사과해도 될까? 어쩌면 수완에게는 나나 고주희나 별다를 바 없는 인간일지도 모른다.

손에 쥔 맥주 캔을 살짝 우그러뜨리며 엄마는 한숨 쉬듯 말했다.

너는 어떻게 말 한마디를 안 지냐.

이건 질 수 없는 문제니까.

할머니는 그새 소파에서 얕은 잠에 빠져 있었다. 미역국은 벌써 식었고 김밥은 조금 쪼그라든 것처럼 보였다. 나는 자리에서 일어나 냉장고 문을 열었다.

맥주 한 캔을 꺼내서 엄마 앞에 조심스럽게 놓으며 소
곤거렸다.

　　박카스 더 마셔, 엄마. 할머니한테는 비밀로 할게.

　　그러니까 너는 죽어도 그걸 하겠다는 거지.

　　죽을 마음으로 하는 게 아니라니까. 살아보려고
하는 거라고.

　　자퇴한 다음엔 뭘 어쩔 건데.

　　나는 방으로 가서 가방을 열고 A4 용지를 꺼냈
다. 종이에는 오늘 도서관 PC실에서 정리한 '자퇴 후
계획'이 적혀 있었다. 엄마에게 그것을 건넨 뒤 핸드폰
을 켜고 단톡방을 열었다. 실험극? 뭐든 해보자, 무대
를 퀼트처럼 꾸며보자, 조각이 점점 늘어나는 거야, 스
태프도 자기 얘기를 써서 잠깐이라도 무대에 서자, 일
단 기본적인 내용만 써서 월요일에 모이자, 근데 지는
기분이야, 대본을 바꾸면 지는 것 같은데, 포기하고 아
무것도 안 하는 게 진짜 지는 거지, 지금까지 연습한 게
너무 아깝다, 우리 목표가 연극제야? 그럼 너무 늦지 않
았어? 전국 단위 연극제도 알아보자 등등의 대화가 진
행되고 있었다. 자퇴생도 연극제에 참여할 수 있을까.
월요일엔 그것부터 알아봐야겠다.

이걸 지킬 자신이 있어?

엄마의 손가락은 내가 작성한 '하루 생활 계획표'를 가리키고 있었다. 나는 할 수 있다고 대답했다. 이것도? 엄마는 다음 장을 펼쳤다. 거기엔 1년간의 계획과 목표가 적혀 있었다. 장담할 수는 없지만 열심히 해보겠다고 대답했다. 그다음 장에는 1년의 계획이 성공할 경우와 실패할 경우에 따라서 달라질 그다음 해의 계획이 각각 적혀 있었다. 맥주를 마시면서 엄마는 중얼거렸다. 페이퍼는 지긋지긋한데 또 페이퍼로 봐야 믿음이 간다고. 두 손으로 이마를 짚고 나의 계획표를 다시금 꼼꼼히 살펴보던 엄마가 입을 열었다.

조건이 있어.

나는 자세를 고쳐 앉았다.

일단 하루 한 시간은 이지랑 보내야 해. 같이 놀든가, 공부를 가르치든가, 둘이 뭘 같이 배워도 좋고. 그건 둘이 알아서 결정해.

그건 이지 의견도 들어봐야 하는 것 아니냐고 물었다. 엄마는 고개를 저었다. 지금부터 엄마가 하는 말은 무조건 지켜야 한다고 단호하게 말했다. 나는 고개를 끄덕였다.

둘째는, 주말 제외하고는 집에만 있으면 안 돼. 학교를 가듯 너는 매일 규칙적으로 어딘가를 가야 해.

그건 걱정 말라고 대꾸했다. 나도 집에만 있을 생각은 전혀 없었다. 집에서 할머니의 잔소리와 걱정을 듣고 있을 자신도 없고. 나는 주로 도서관에 갈 계획이었다. 와이파이가 뜨고 책도 바로바로 찾아볼 수 있고 컴퓨터도 쓸 수 있고 영화도 볼 수 있고 때로는 무료 강의도 들을 수 있으며 냉방과 난방이 완벽한 데다 세상 어느 곳보다 조용하고 출입이 자유로운 환상적인 곳. 꿈드림 센터에서 열리는 강의나 체험 프로그램도 지속적으로 알아보고 가끔 참여해볼 생각도 있었다. 아무튼 나는 학교나 집이 아닌 곳에서 헤엄치고 싶었다.

셋째는, 주기적으로 전문가에게 상담받을 것. 엄마가 병원 사람 통해서 적당한 곳을 알아볼게.

생각지도 못한 조건이었다. 나는 약간 발끈해서 대꾸했다.

왜? 내가 무슨 문제가 있어서 학교를 그만두는 것도 아닌데?

엄마는 보험 같은 거라고 말했다. 나의 마음을 내가 잘못 알고 있을 때도 분명히 있을 거고, 무엇보다 엄마에게 기댈 언덕이 필요하다고. 내가 주기적으로 전문가를 찾아가 대화를 나눈다는 사실만으로도 엄마 마음이 조금은 놓일 것 같다고. 성가실 것 같았다. 상담이랍시고 내 생각과 상태를 솔직하게 말할 수 있을 것 같지도 않았다. 생각만 해도 오글거렸고 굉장히 불필요한 일처럼 느껴졌다. 하지만 받아들였다. 일단 해보자. 해본 다음에 싫다고 말하자. 주방으로 나온 이지가 물을 찾았다. 컵에 물을 따라줬다. 이지는 꿀꺽꿀꺽 소리를 내며 물을 마신 뒤 엄마 옆에 앉았다. 엄마는 이지의 머리를 쓰다듬으며 말했다.

이지는 이제 이 닦고 자야지.

이지가 눈을 비비며 말했다.

그럼 나는 같이 있을 거야.

벌써 9시 넘었어. 이제 잘 준비…….

아니, 나는 하늘이랑 같이 있을 거라고.

하늘이랑? 지금?

아니, 아까 언니가 물었잖아. 다른 애가 우하늘 때리고 괴롭히면…….

엄마와 나는 놀라서 서로를 쳐다봤다. 그 질문의 대답을 지금까지 생각했단 말인가?

그럼 나는 하늘이 옆에 계속 같이 있을 거라고.

이지는 물을 한 모금 더 마시고 의자에서 일어나 화장실로 갔다. 이지의 대답을 곱씹으며 생각했다. 나이 들수록 바보, 멍청이가 되어가는 것만 같다고. 이지는 자기가 원하는 것을 언제나 잘 알고 있는 것 같은데…… 이대로 내가 뭘 원하는지, 뭘 좋아하는지도 모르는 어른이 될까 봐 두려웠다. 엄마와 나는 이지가 이를 닦고 입 안을 헹구는 소리를 들으며 조용히 앉아 있었다. 화장실에서 나온 이지가 할머니를 흔들어 깨웠다. 할머니, 할머니, 들어가서 자. 이불 덮고 자라고. 할머니는 몸을 일으키고 하품을 하다가 우리를 쳐다보며 말했다. 아직도 거기서 그러고 있냐. 다 식어빠진 걸 치우지도 않고.

마지막으로.

맥주를 한 모금 마신 뒤 엄마는 말했다.

후회해도 돼.

나는 나의 두 손을 내려다봤다. 이지는 엄마를 정말 많이 닮았다.

후회할 수도 있는 거고 후회는 잘못이 아니야. 후회될 때는 꼭 나한테 말해야 된다. 같이 그다음을 생각할 수 있게. 알았지?

　　나는 천천히, 나에게 약속하듯 고개를 끄덕였
다. 엄마는 계획표를 내게 건네며 말했다. 이건 하나 더
출력해서 나한테 주고. 나는 두 손으로 나의 계획표를
받아 들었다.

　　고마워, 엄마.

　　아빠한테는 내가 말할게.

　　괜찮겠지?

　　안 괜찮을 건 또 뭐야.

　　엄마가 허리를 꼿꼿이 세우며 말했다.

　　그래, 그럼 우리도 같이 잘해보자.

　　그거야말로 내가 진짜 바라는 바다. 두렵지만
잘해보고 싶다. 아직 잘 모르니까 할 수 있는 나의 선택
을, 가능한 넓게 길게 아주 멀리까지. 월요일엔 수완에
게 사과할 것이다. 내가 이기적이었다고, 미안하다고
말할 것이다. 자퇴생은 연극제에 참가할 수 없다는 규
정이 있다면 그 규정을 따를 것이다. 참가를 포기할 것
이다. 그러나 함께할 것이다. 우리의 무대를 연극제에
올리는 그 순간까지.

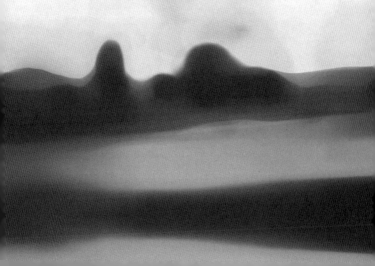

에세이

사사롭고 지극한 안부를 전해요

「일요일」은 2019년 겨울에 발표한 소설이다. 소설 말미에 밝혔듯 은유 작가님의 책『알지 못하는 아이의 죽음』의 영향을 많이 받았다. 소설을 쓰려고 읽기 시작한 책은 아니었으나 다 읽은 후에는 그 책을 바탕으로 소설을 쓸 수밖에 없었다. 다른 인물, 다른 사건, 다른 이야기를 생각할 수가 없었다.

트리플 시리즈 참여 제안을 받고 「일요일」부터 떠올렸다. 청소년이 주인공인 소설 세 편을 한 권의 책에 담고 싶었다. 「일요일」을 중심에 두고 이런저런 생각 끝에 특성화고, 특목고, 일반계고를 다니는 세 명의 청소년 이야기를 모으자고 마음먹었다. 너무 작위적이지 않을까 걱정하면서 「수요일」을 쓰기 시작했다. 「금요일」을 쓰면서도 걱정이 많았다.

정말 걱정이 많았다. 세상의 다양한 청소년을 정형화된 틀에 가두는 것만 같아서. 편견과 고정관념을 답습하는 것만 같았고, 자신 없었다. 나는 특성화고 학생도 아니고, 특목고 학생도 아니고, 심지어 청소년도 아니고, 주변에는 자문을 구할 청소년도 없다. 내가 이 소설을 써도 되는가, 내가 청소년에 대해 뭘 안다고……. 키보드에서 손을 떼고 좁은 방을 불안하게 맴돌면서 자주 고민했다. 지금이라도 그만두자고, 다른 소설을 시작하자고 나를 보채는 나와 나를 설득하는 내가 번갈아 튀어나왔다. 늘 그랬잖아. 뭘 알아서 시작한 소설은 없잖아. 자신 있었던 적도 없잖아. 쓰면서 조금씩 해답을 찾아가는 과정을 좋아했잖아. 그랬다. 글을 쓰는 동안 오직 소설 속 인물만을 생각하는 시간이 소중했다. 그런 시간을 보낸 뒤에는 나란 인간이 조금은 달라진 것 같았다. 이번에도 달라지고 싶었다. 좁은 방을 맴도는 걸 멈추고 다시 의자에 앉으며 인물에게 말을 걸었다. 우리 조금만 더 친해지자고. 당신의 이야기를 계속해달라고.

*

퇴고하려고 세 편의 소설을 다시 살펴보면서 어떤 표정을 떠올렸다. 「일요일」의 표정과 「수요일」의 표정과 「금요일」의 표정이라고 부를 수밖에 없는……. 내 머릿속에 떠오른 각각의 표정을 묘사하기는 힘들다. 그걸 정확하고 선명하게 묘사할 수 있다면 굳이 소설을 쓸 필요도 없겠지.

대략 10년 전에 『당신 옆을 스쳐간 그 소녀의 이름은』이란 소설을 썼다. 그 책의 띠지에는 (정확한 기억은 아니다) 이런 문구가 있다.

'세상에서 가장 못된 소녀의 지독한 성장기.'

당시 그 문구를 보면서 성장이란 무엇인가 생각했었다. 그때 나에겐 성장에 대한 욕구는 없었고, 오히려 반감이 컸다. 나는 '성장'이란 단어보다 '생존'이란 단어가 소녀에게(당시의 나에게도) 어울린다고 생각했다.
사람들은 소녀의 이야기를 보고 지독하다고 했다. 나는
그 감상을 이해하기 힘들었다. 어째서 소녀의 불행에만
집중하지? 소설 속에는 소녀의 행복도 아주 많은데? 나
는 사람들의 말을 전부 부정하고 싶었던 것 같다. 아니
야, 아니라고, 그런 거 아니라고 항변하며 사람들을 노
려봤다. 성장을 거부하면서 왜냐고 계속 묻고 싶은 그
마음은, 돌이켜보건대, 청소년의 마음에 더 가까웠던
것 같다. 그때 나는 서른 살이었다. 나이와 상관없이 스
스로 어른보다는 청소년에 더 가깝다고 느꼈다.

　　10년이 흐른 뒤에도 그런 소설을 쓰고 말았다.
어른들은 무책임하고 청소년은 죽는 소설. 10년 전과
달리 나는 죄책감에 사로잡혀 있다. 청소년의 불행만을
소설로 쓴 것 같아서. 10년 전에는 이해할 수 없었던 어
른들과 비슷한 생각을 하게 된 것이다. 하지만 현실에
서, 어떤 어른들은 진짜 무책임하고 어떤 청소년은 죽
는다. 10년 전 나는 이렇게 대답했었다. 결말만 보자면
어차피 우리 인생은 전부 비극이에요. 왜냐하면 다 이
별하고 죽으니까. '영원히 행복하게 살았습니다' 같은

결말은 없어요. 어떻게 영원히 그래요? 그렇다고 우리 삶을 통째로 불행하다고 말할 수는 없는 거잖아요. 사는 동안 행복한 순간도 많잖아요. 그래서 죽음도 비극이 되는 거잖아요.

인물들의 행복을 생각하고 싶다. 그들은 자기들이 원하는 것을 분명히 알고, 원하는 대로 살기 위해 노력한다. 그들의 바람은 터무니없거나 비윤리적이지 않다. 일찌감치 자립하는 것. 돈이나 사회적 지위가 아닌 다른 가치를 추구하는 것. 자기 인생을 자기 속도로 사는 것. 청소년이어서 불완전한 게 아니라 인간은 원래 다 불완전하다. 그래서 행복할 수도 있다. 죽음이 비극인 이유도 잊지 않고 싶다. 나는 지난날의 나에게 배우는 점이 아주 많다. 미래의 나는 오늘의 나에게 주는 것이 없다. 주는 것 없이 그저 거기 있다는 상상만으로도 위로가 된다. 거기 있는지조차 확신할 수 없을 때도 많은데…… 이런 생각 또한 자만이고 오만이겠지.

그리고 이제 나는 성장하고 싶다. 지독하다는 감상을 이해한다. 한편으로 더 지독해지길 원한다. 왜

냐고 묻기보다 왜냐하면, 하고 대답해야 하는 순간이
많아졌다. 소설에는 여전히 '모르겠다' '이해할 수 없
다'는 문장을 자주 쓰지만, 사실은 모르고 싶어서 모르
겠다고 잡아떼기도 한다. 10년 전 내 곁에 잠시 머물던
소녀를 작년부터 자주 떠올렸다. 소녀와 나 사이에는
10년의 시차가 존재하는 것만 같다. 10년 전에 내 옆을
스쳐 간 소녀의 표정을 이제야 나는 얼핏 본 것만 같다.
『일주일』은 얼마나 오랜 시간이 흐른 뒤에야 나를 스쳐
갈까.

*

　여전히 자신 없다. 그렇다고 그만두고 싶지는 않
다. 방 안을 맴돌며 불안해하면서도 마침내는 다시 의
자에 앉아서 키보드에 손을 올리고 싶다. 그렇게 10년
을 더 살아보고 싶다. 방금 쓴 문장 때문에 깜짝 놀랐다.
지우고 싶은 마음을 꾹 참고 내게 되물었다. 진심이야?
사람이 어쩌면 이렇게 변할 수가 있지? 사실 나는 '사
람은 변하지 않는다'는 말을 싫어한다. 사람은 변할 수
있다고 믿는 편이다. 아무튼 왜 놀랐느냐면, 나는 여태

'10년을 더 살아보고 싶다'는 바람을 가져본 적이 없으니까. 스무 살이 되기 전에 그만 살고 싶었고, 서른 살이 되기 전에 그만 살고 싶었다. 마흔 살이 되기 전에는 그런 바람을 가지는 게 무서워서 밤마다 취해 있었다. 죽고 싶다기보다는 '그만 살고 싶다'에 가까운 마음. 불행해서는 아니었다. 삶을 우습게 생각하지도 않았다. 사후 세계를 믿지도 않았다. 나는 삶을 사랑했다. 하루하루 살아 있는 나를 신기하게 여겼다. 그런데 왜 그런 소망을 가졌나. 습관 같은 거였고, 거칠게 요약하자면, 내가 나를 좋아하지 않아서 그랬다.

어렸을 때 나는 좋아하지 않았다. 나에 대해 잘 알지도 못하면서 아는 척하는 어른을. 그리고 싫어했다. 내가 인간이라는 사실조차 모르던 많은 어른을. 나는 무서워했다. 나를 벌주거나 야단치거나 귀찮아하는 어른을. 나는 정말 무서워했다. 일해서 돈을 벌고 빚을 갚고 나를 먹여 살리느라 피곤에 찌든 어른을. 사람이 피곤하고 지치면 짜증이 나고 짜증을 내다 보면 상처를 주게 마련이고…… 상처와 저주를 주고받다 보면 삶을 경멸하게 된다. 우리가 원래는 서로 사랑했던 사이라는 걸 까맣게 잊고 말지. 나는 그들이 '이게 다 너를 위해서'라고 말할까 봐 두려웠다. '너를 위해서'와 '너 때문에'가 다른 말 같지 않았고 겨우 나 같은 것 때문에 찌들고 찌들다가 우리가 다 같이 불행해질까 봐 겁이 났다. 나는 최소한이 되고 싶었다. 작아지고 작아져서 모래와 같은 최소한의 점이 되면 좋을 것 같았다. 최소한의 세계에서 최소한으로 살고 싶었다.

다행히 그들은 '너를 위해서'라고 말하지 않았다. '너 때문에'라는 말도 하지 않았다. 우리는 대화하지 않았다. 지금의 나보다 젊었던 그때의 엄마는 공장에서 야간근무와 주간근무를 일주일마다 교대로 하면서 하루 열두 시간 일했다. 엄마는 그 일을 열네 살부터 했다. 엄마는 지쳐 있었다. 우리는 대화할 수 없었다. 엄마가 마흔 살이었을 때 나는 열다섯 살이었다. 엄마는 나에게 종종 '지랄맞게 신경질을 낸다'고 했다. 그때는 그 말이 서운했는데, 이제 와 생각하기를, 그건 상당히 순화한 표현이었다. 당시 엄마는 아침마다 내 도시락을 쌌다. 나는 살을 빼고 싶어서 엄마가 싸둔 밥을 3분의 2가량 덜어냈다. 밥을 너무 안 먹어서인지 6개월 넘게 생리를 하지 않았다. 그 때문에 엄마가 잔소리를 했나? 기억에 없다. 셋 중 하나겠지. 엄마가 잔소리를 했는데도 내가 귓등으로 들었거나, 내가 지랄맞게 신경질을 내서 엄마가 아무 말도 못 했거나, 내가 밥을 안 먹어서 생리불순이란 걸 엄마가 몰랐거나. 우리가 대화할 수 없는 이유는 아주 많았다.

　　적당히 나이 들거나 늙은 지금의 우리는, 우리가 어렸거나 젊었을 때와는 비교할 수도 없을 만큼 서로에게 (지랄맞게 신경질을 내면서도) 다정하다. 세상에는 정말 시간이 필요한 일들이 있다. 시간만 필요한 게 아니라 시간의 역할이 상당히 중요한 일들. 시간에 섞인 채 시간을 잊어야만 하는 그런 일들. 지금 내 앞에는 열다섯 살 때 소풍 가서 찍은 사진이 있다. 사진 속에서 나와 세 명의 친구들은 서로의 팔짱을 끼고 나란히 서 있다. 정말 오랜만에 꺼내 본 사진이고, 살면서 친구들을 떠올린 적도 거의 없는데, 사진을 보는 순간 친구들의 이름이 반사적으로 떠올랐다. 뷰파인더에 눈을 대고 이 사진을 찍어준 친구는 누구일까? 사진 속 우리는 빼빼 말랐다. 친구들처럼 빼빼 마른 뒤 나는 나를 덜 싫어했나? 그럴 리가. 내가 나를 싫어할 이유는 아주 많았다. 나는 나를 싫어했지만 나 아닌 다른 누군가가 되고 싶지도 않았다. 나는 아무것도 아니고 싶었는데 진짜로 아무것도 아니라고 느낄 때마다 내가 더욱 싫어졌다. 나는 사람들이 나를 싫어할까 봐 전전긍긍하면서 누구보다 열렬히 나를 싫어했다.

기억은 파편처럼 흩뿌려져 곳곳에 박혀 있다가 생각지도 못하는 때 솟구쳐서 나를 찌른다. 할퀴거나 막힌 곳을 뚫는다. 깊은 밤 자려고 누웠을 때 느닷없이 떠오르는 오랜 기억들이 있다. 기억 속의 나는 내가 아닌 것만 같다. 남의 기억 속에 잘못 들어간 것만 같다. 불과 이삼십 년 전 일인데도 백 년 전처럼 느껴지고, 실제로 나는 수백 년 넘게 살아 있는 것만 같고, 때로는 이미 죽은 사람처럼 느껴진다. 나는 나의 기억으로만 존재하는 것 같다. 기억 속에 태어나 기억을 파먹고 살다가 기억 속에서 죽는 인간 같다. 과거의 일을 다 잊었다고, 어릴 적 기억은 거의 없다고 말하고 다니는데 그건 절반 정도 거짓말이다. 정말 다 잊었다면 소설을 쓰지도 않았을 것이다.

*

햇살.

노란 햇살.

열다섯 살 여름. ㅈㅇ의 동그란 이마에 오후의 햇살이 부딪혀 반짝였다. ㅈㅇ은 제크 크래커에 투게더 아이스크림을 발라서 아이들에게 나누어 줬다. ㅈㅇ은 다른 아이들 앞에서는 새침한 표정이었고 내 앞에서는 부드럽게 웃었다. 투게더 아이스크림처럼 차갑고도 부드러운 미소.

다시 햇살.

눈부신 햇살.

ㅅㄱ은 우아했다. ㅅㄱ은 한여름에 힘껏 달린 뒤에도 시원해 보였다. ㅅㄱ의 땀은 새벽 숲의 이슬 같았다. ㅅㄱ은 내가 연습장에 대충 써둔 요점 정리를 쉬는 시간에 한번 쓱 훑어본 뒤 100점을 맞았다. 문구점 앞에서 뽑은 100원짜리 플라스틱 핀도 ㅅㄱ이 꽂으면 세련돼 보였다. ㅅㄱ은 목소리가 작았다. 그런데도 다들 ㅅㄱ의 말을 먼저 들었다. ㅅㄱ은 절대 큰 소리로 말

할 필요 없었다. ㅅㄱ의 목소리는 어수선한 공간을 흡수하는 것만 같았다. 나는 자꾸 넋을 놓고 바라보았다.

햇살.

날카로운 햇살.

열일곱 살 겨울 아침. ㅁㅇ의 안경테가 잠깐 빛났다. 누군가를 아름답다고 느낄 때마다 나는 굉장히 비참해졌다. 울고 싶었다. 나는 일부러 ㅁㅇ을 싫어하는 척 피해 다녔다. ㅁㅇ의 짧은 편지를 받은 날, 나는 음악실에 혼자 앉아 엉망진창이라고 생각하면서 엉망진창으로 울었다. 피아노가 나를 물끄러미 쳐다보는 것만 같았다. 니가 뭘 알아, 니가 뭘 아는데, 중얼거리면서 나도 피아노를 쳐다봤다. 절기상 대설이었고 눈은 내리지 않았고 울고 또 울었다. 아무도 나를 찾아서 음악실까지 오진 않았다. 추웠다.

제발 사랑하고 싶지 않은데 햇살이 자꾸 나를 깨웠다. 햇살이 비추면 마음의 온도가 점점 올라갔다. 마음은 불타지 않고 돌멩이처럼 그을렸다.

아침 보충수업이 끝나고 8시 50분에서 9시 10분까지는 쉬는 시간이었다. 아이들은 대부분 책상에 엎드려 잤다. 하루 중 가장 잠잠한 20분. 나는 학교 식당 건물까지 걸어가서 자판기 커피를 뽑은 뒤 돌계단에 앉아서 햇살을 느꼈다. 그러던 어느 날 불현듯 깨달았다. 이번 삶은 처음이 아니라고. 똑같은 삶을 살아봤다고. 나는 아주 늙은 사람처럼 생각했다. 앞으로 수많은 일을 겪으며 때로 기쁘고 행복한 순간을 맞이하겠지만 지금과 같은 충만함은 다시 없으리라고. 아니, 정정하겠다. 늙은 사람처럼 생각한 게 아니라 실제로 늙은 나의 생각이었다. 햇살이 어딘가에 부딪혀 잠깐 반짝이듯 늙은 나와 열아홉 살 내가 공존하던 순간. 나는 그날의 느낌을 바로 어제 일처럼 생생하게 기억한다. 아무 일도 일어나지 않았던 그날 아침의 고요한 깨달음은 아무것도 바꿔놓지 않았지만,

야간자율학습을 마치고 집에 가면 자정이었다. 나는 우유를 마시면서 이제 막 어제 것이 된 신문을 펼쳐서 이미 다 끝나버린 '오늘의 TV 프로그램 예고'를 찾아봤다. 매일 밤 〈FM 음악도시〉를 들었다. 가끔 가위

에 눌렀다. 복도 창문에서 보이는 야산의 많은 나무 중에 '나의 나무'를 한 그루 정해두고 매일 저녁 인사를 건넸다. 안녕! 안녕! 너는 나를 모르지! 너는 나한테 관심도 없지! 그래도 난 네가 거기 있어서 좋아! 수리영역은 포기했으니까 언어영역은 절대 포기할 수 없었다. 장래희망은 없었고 공부는 나름대로 열심히 했다. 좋아하는 사람에게 잘 보이고 싶었기 때문이다. 나는 학교를 좋아했다. 좋아하는 사람이 학교에 많았기 때문이다. 나는 나를 열렬히 싫어하는 힘으로 타인을 뜨겁게 좋아했다. 다시 살아도 그럴 것이다. 무관심하지 않고 열렬히, 포기하는 대신 포기하지 않고. 그 시절 기억 중에 글로 쓰고 싶은 풍경이 몇 있다. 소설로 풀어내려고 시도했지만 시도로 그쳤다. 언젠가는 완성할 것이다. 완성하고 번복하고 다시 완성할 것이다.

*

내일도 나는 자신 없고 불안한 마음으로 좁은 방을 맴돌 것이다.

마침내 의자에 앉아 노트북 화면을 바라보며 중

얼거릴 것이다.

당신과 조금 더 친해지고 싶어.

당신의 이야기를 계속 듣고 싶어.

당신이 거기 잘 있으면 좋겠어.

*

해설이 들어갈 곳에는 진짜 십대의 글을 싣고 싶었다. 〈문학광장〉 사이트에 들어가 '글틴'의 여러 글을 읽어보다가 박정연 님의 에세이 세 편을 만났다. 박정연 님의 글을 읽으며 담담한 위로를 받았다. 서로 조금은 떨어져 앉은 채 비슷한 어딘가를 바라보는 느낌이었다. 박정연 님의 에세이를 받고 싶다는 의견을 출판사에 전했고, 박정연 님은 우리들의 느닷없는 부탁을 들어주었다. 박정연 님, 진심으로 감사합니다. 바다는 늘 거기 있을 거예요. 그러므로 우리는 언제든 다시 갈 수 있습니다. 돌아올 수 있습니다.

지금 도망칠 준비가 되면

— 박정연

고등학교 첫 기말고사가 겨우 18일 남은 시점에 바다로 떠났다. 자그마치 10년을 알고 지낸 친구와 나, 우리에게 계획이란 충동적이지 않은 적이 없다. 여행 계획이라고 다를 것도 없었다. 떠나기로 한 바로 전날, 몇 시에 만날지 정도만 정하고 미련 없이 잠을 청했다. 우리의 계획을 들은 다른 친구는 뭔 바다냐고 진짜 갈 거냐 했고, 아빠는 돌아오는 막차만 놓치지 말라고 했다.

중학교를 대안학교에서 졸업한 후 고등학교도 대안학교에 입학한 나는, 크고 작은 고민과 실패의 굴레에서 반년을 보냈다. 중학교에 다니며 친해졌던 친구들은 대부분 일반고등학교에 진학했고 나만 여기 남았다. 친구들은 학기 초부터 학원 레벨 테스트 결과에 관해 얘기했고 누가 전교 몇 등인지, 공부를 얼마나 많이 하는지를 나눴다. 대학 얘기를 하고 또 했다. 나는 그 자리에서 당연히 말수가 줄어든다. 사교육이나 입시와는 조금 떨어진 학교에 다니니 공감을 못 해서 낄 수가 없다. 친구들은 노는 자리에도 학원 가방을 메고 오기 시작했다. 학원과 학교 일정에 치여 하루 만나는 게 어려운 일이 되어버렸다. 나는 우리가 어쩔 수 없이 멀어진다고 생각했다. 그럴 때면 우리가 처음 만난 1학년으로, 결코 순탄치는 못했던 2학년으로, 그래도 같이 있는 게 좋았던 3학년으로 돌아가고 싶어졌다.

진짜 문제는 친구들이 하나둘 어느 대학 어느 학과를 지망할지 정하고 자신의 인생을 설계하는 동안, 나에게 남은 게 하나도 없다는 것이었다. 뭐라도 하고 싶었다. 하지만 뭘 해야 하는지 몰랐다. 내가 뭘 좋아하는지, 뭘 잘하는지, 뭘 목표로 해야 하는지 알 수가 없었다. 길을 개척할 때는 단계를 하나하나 밟아가며 쉽게 무너지지 않을 안정적인 길을 만들어야 하는데, 나는 첫 단계에 머물고 있으니 어느 방향으로 길을 놓을지조차 정하지 못했다.

　　부담은 무거웠다. 내가 가만히 있는 동안에도 시간은 흘러 많은 시험과 평가를 거쳐야 했고, 그에 따른 결과를 받았다. 당연히 잘되지만은 않았다. 나 혼자만 만족스러운 성적을 내면 그만이었던 중학교 생활과 달리, 친구들을 경쟁자 삼아 이겨야 하는 고등학교 생활에 대해 몇 번이고 이게 맞는지 고민해야 했다. 그 무엇에도 집중할 수 없었다. 하루에 한 번은 소리를 지르고 싶었다. 그냥 세상이 나 망하라고 방해하는 것 같아. 나는 그럴 때마다 파도 소리를 틀었다. 온라인 수업을 진행하는 선생님의 목소리 뒤로 잔잔한 파도 소리가 깔렸다.

　　언제부턴가 바다를 보고 싶다는 말을 입에 달고 살기 시작했다. 이틀도 필요 없어. 그냥 바다가 보고 싶어. 오랫동안 묵힌 여행 욕구는 옮아가기 쉬웠고, 친구는 죽고 싶다 하다가도 바다는 보고 죽어야겠다며 말을 고쳤다. 그렇게 버틴 날이 하루, 이틀, 몇 주, 몇 달이 되고, 자퇴서를 쓰고 싶을 때쯤 우리는 하루만 현실 도피를 하고 오기로 했다. 당장 떠나지 않으면 집을 나갈 것 같았다. 그 생각의 굴레에서, 이 작은 집과 동네에서, 일상에서 도망치기로 했다.

우리는 아침 일찍 만났다. 길에 사람이 적었다. 동네를 뜨기 딱 좋은 시간이었다. 작은 에코백에는 디지털카메라와 보조 배터리, 혹시 몰라 현금도 잔뜩 채운 지갑만 넣고 가벼운 마음으로 출발했다. 놀러 가는 기분은 옷으로만 살짝 냈다. 여행 날 아침, 들뜬 공기가 나와 친구 사이를 몇 번 통과했다.

용인에 사는 우리는 적당히 가까운 대부도를 목적지로 정했다.

사실 나는 몇 달 전까지만 해도 혼자 버스나 지하철을 이용할 일이 별로 없었다. 친구들과 어딘가에 가야 할 때는 애들 눈치를 봐가며 쫓아갔고, 그게 아니면 혼자 길을 찾을 이유가 없었다. 대중교통에 의지해 그렇게 멀리 나가는 것도 처음이었다. 대부도로 향하는 동안 중간역에서 사람들이 다 내려서 당황하기도 하고, 입구를 반대로 들어가 되돌아 나오기도 했다. 그 헤맴이 마냥 싫지만은 않았다. 스스로 찾아가 새로운 땅을 밟는 것이 그런대로 마음에 들었다. 지하철이 지상으로 나갈 때 탁 트이는 하늘이 좋았다. 문 옆에 서서 빠르게 흘러가는 하늘을 지켜봤다.

그날의 우리는 크게 헤매지 않고 무사히 초지역

에 도착해 버스를 타는 것까지 성공했다. 지하철이야 역마다 멈추지만, 변수가 많은 초행길 버스에 나는 잔뜩 긴장한 채 정류장만 확인하기 바빴다. 버스 안에 전광판이 없어, 청각 하나 믿고 내릴 정거장을 기다려야 했다. 내 신경이 온통 정류장 이름 듣는 데 쏠려 있던 그때, 창밖이 푸른빛으로 가득 찼다. 바다네. 진짜 바다다. 출발하기 전 지도를 확인할 때 바다를 어떻게 건널 수 있는지 의심했는데, 육지에서 섬까지 긴 다리로 연결되어 있었다. 바다는 파랬다. 딱 내가 생각한 것만큼 파랬다. 물이 꺾이는 부분마다 반짝반짝 빛났다. 길을 따라 줄줄이 놓인 낚싯대들과 갈매기, 저마다 걸어가는 사람들이 보였다. 꽃무늬 원피스를 입고 함께 바람을 맞는 모녀의 모습은 영화 같다는 말이 아니고서는 설명이 안 되어서 사진이라도 한 장 남겨주고 싶었다. 땡볕에서 버스를 기다릴 땐 당장이라도 살이 탈 것 같아 조금 흐린 날에 올걸, 하고 아주 잠깐 후회했었는데, 그 마음을 확실히 지워주는 풍경이었다.

바다로 향하는 다리 위를 한참 달린 뒤, 버스에서 내려 해수욕장에 발을 들이자마자 깨달았다. 아, 나

여기 와본 적 있네. 3년 전쯤 가족과 왔던 곳이었다. 그러고 보니 주변에 가족 단위로 온 사람들이 많았다. 다들 텐트든 그늘막이든 뭐라도 펴고 앉아 있었다. 우리가 얼마나 가벼운 손으로 출발했던가. 우리는 애초에 바다에 어울리는 신발조차 가져오지 않았다. 나는 이 문제를 어디서 해결해야 하는지 알았다. 해변을 쭉 가로질러 내 기억 속 낚시용품점을 찾아갔다. 낚시용품점은 3년 전과 같은 모습으로 자리를 지키고 있었다. 다른 점이 있다면 처음 보는 새끼 고양이 하나가 선반에 앉아 창밖을 내다보고 있는 것이었다. 새끼 고양이에게 몰래 인사한 뒤, 돗자리와 슬리퍼를 사고 편의점에 들러 물을 한 통씩 집었다.

바람이 많이 불어 자꾸만 팔랑이는 돗자리에 잡아먹혀서, 가장자리마다 무거운 돌을 올렸다. 바람 속에서 여유를 찾는 것은 쉬운 일이 아니었다. 번거롭고 튼튼한 그늘막을 가지고 다니는 사람들이 부러웠다. 우리는 북적이는 텐트 사이에 자리를 잡았다. 어느 방향을 봐도 사람이 많았지만, 주변 시선을 크게 신경 쓰진 않았다. 여기서는 각자의 휴가에 집중할 수 있을 것 같았다. 내 친구는 막 누웠다. 나는 밖에서 눕는 취미는 없

어서 앉아 있었다. 그건 그거대로 좋았다. 손만 뻗으면
닿는 모래를 만지작거리는 것도 좋았다. 모래가 손가락
사이를 빠져나가는 느낌을 모두 사랑하지 않나. 사실
해수욕장의 풍경이 그리 좋지는 않았다. 안개가 짙으니
물에서 나오라는 안내 방송이 여러 번 반복됐다. 그래
서 시각적인 이미지보다는 그 시간 자체를 기억하기로
했다. 내가 해변에 앉아 있던 분위기를 담았다. 그 분위
기를 오래 간직하고 싶었다. 돌아와서도 기억으로 떠날
수 있게.

　　이런저런 수다를 떨다 보면, 꼭 인생 얘기로 빠
진다. 울퉁불퉁한 모래사장 위의 감각에 익숙해질 때
쯤, 재생시켜놓은 노래 뒤로 묻을 수 없는 걱정과 고민
이 스멀스멀 피어올랐다. 죽지도 않고 기어 나왔다. 우
리는 이제 어디로 가는 걸까, 대체 뭘 해 먹고살아야 하
는 걸까. 대학이 다 뭐길래. 가족이 너무 싫어. 난 단체
생활이랑 안 맞는 것 같아. 내일이면 다시 학교로 돌아
가야 하잖아, 우리는.
　　우리의 문제는 같은 고민을 너무 오래 했다는
데 있다. 학교에 다니는 날들은 매일 같은 고민의 연속

이다. 하나의 생각이 내가 눈 뜨고 있는 모든 시간 동안 머릿속을 굴러다니는 느낌. 잠시 다른 일에 집중하나 싶다가도 벽에 튕겨 다시 굴러 돌아온다. 그런 삶이 재미있을 리가 없다. 해 뜰 땐 잊고 지내다가도 결국 제시간에 잠들지 못하는 삶이 즐거울 리가 없다. 안 좋은 일은 꼭 연달아 온다지. 어떤 날은 상처가 늘었고 어떤 날은 그러지는 말자고 다짐했다. 지금 사라지지는 말자고. 그걸 계속 되뇌는 삶을 살아야 했다.

삶은 적당히 바빴고, 적당히 어려웠다. 내가 잡생각을 하지 않을 수 있을 정도의 난이도였다. 그리고 당연하게도, 나아갈수록 벽은 점점 높아졌다. 나는 부딪혀보기도 전에 지레 겁먹었다. 확신이 필요했다. 내가 갈 곳이 있을 거라는 확신이.

더는 지금의 성공에 기뻐하지 못하고, 지금의 실패에 반성하지 못했다. 얼마 남지 않은 성인의 삶이 두렵기만 했다. 정해진 것 하나 없이 나만 믿고 헤쳐 나가야 할 날들이 두려웠다. 나는 그다지 믿음직스러운 사람이 아니었다. 쌓여 있는 방황에 방황을 더할 뿐이었다. 습관적으로 시간을 버렸다. 사실 숨 쉬듯 도망쳤던 건가.

　그러니까 내가 떠나야만 했던 이유는, 내가 힘들다는 생각에 갇혀 있기 때문이었다. 인생에 찾아오는 잔잔한 진동에 크게 동요했던 거다. 그게 싫었다. 별일 없어도 계속 바닥에 가까운 기분으로 살아야 하는 게 싫었다. 그러니까, 그러니까 나를 흔들기 위해서는 파도 정도는 필요했다. 파도 정도에 흔들리는 사람이 되고 싶었다.

　흘러나온 걱정과 불안을 조심스레 담아 파도를 보러 나갔다. 바다 앞에서 인간은 누구나 자유롭다. 우리는 그걸 몰라서 답답한 삶을 산다. 우리를 옥죄는 꽉 막힌 스케줄도, 갈피를 잃은 배움의 장도, 더는 마음 둘 곳 없는 나의 집도, 목적 없이 찰랑이는 파도 앞에선 모두 입을 다문다. 나도 바다에 원하는 게 있는 것은 아니었다. 그래서 그냥 지켜봤다. 멈출 줄 모르는 물의 삶 앞에서 고요를 지킨다. 귀를 세차게 헤집는 파도 소리는 귀가 지쳐도 오래 들을 수 있을 것 같았다. 집에서 컴퓨터로만 듣던 파도 소리를 직접 느꼈다. 바람에 지지 않는 파도의 감각을 기억한다.

　습기에 머리도 안경도 축축해졌을 때쯤, 나는

그제야 꼭 쥐고 있던 응어리들을 두고 갈 마음이 생겼다. 나는 내가 잊고 싶은 게 뭔지 정확히는 알지 못했다. 그래서 뭐든 두고 왔다. 나를 흔든 진동을 놓아주었다. 이 진동이 바다를 건너 또 누군가에게 닿을까. 그럼 그 사람은 나와 같은 고민을 할까. 그래도 누군가는 같은 경험을 한 사람이 있다는 게 위로가 될까. 그럼 당신은 나보다는 덜 힘들까. 우리는 덜 힘든 삶을 보낼 수 있을까. 우리는 덜 힘들게 살려고 이렇게 아등바등 사는 것이 아닌가. 나는 그렇게 바다를 떠났다.

집에 돌아와서 푹 잔 후 일어나서는 바로 학교에 갔다. 일상으로 돌아왔다.

인간은 떠나고 싶을 때 떠나야 한다. 나는 원래 칠칠치 못한 사람이라 모든 걸 버리지 못하고 몇 개는 들고 돌아왔지만, 바다를 보고 왔다는 사실은 확실한 자극이 되었다. 내 삶이 크게 바뀐 건 아니어도, 엄청난 계기는 아니어도 당장 내일을 살아갈 작은 원동력이 되기 충분했다. 우리는 희망을 품고 살아가니까, 그래서 사라지지 않는 거니까. 이런 날을 또 만날 수 있다면 견뎌내는 삶이어도 괜찮겠다 싶었다. 그 믿음이 중요했다.

이 여행은 나에게 분명한 도망이었다. 예전 같았으면 그냥 받아들여질 때까지, 익숙해질 때까지 기다리자고 생각했을지도 모른다. 시간이 해결해준다고. 그럼 나는 버티고 버티다 타이밍을 놓치고 울었을 것이다. 그리고 저주했을 것이다. 하루하루 여유 없는 일정에 갇혀 있는 삶을. 오늘이 지나면 또 비슷한 과제가 비집고 들어오는 삶을.

이런 도망은 나를 의미 없이 풀어주는 것이 아니다. 우리는 이를 통해 어제보다 더 단단해진다. 진동에 녹아내리지 않는 사람이 된다. 다시 돌아오기만 한다면 이런 도망은 언제나 환영이다. 짧은 생에 다 품기엔 무겁다 싶을 때마다 넓게 보고 많이 사랑할 것이다. 쫓기는 삶이 안정될 때까지, 가끔은 도망치면서 살길. 이 결심에 죄책감은 느끼지 않기로 했다.

박정연 이우중학교 졸업.

트리플 8

일주일

© 최진영, 2021

초판 1쇄 발행일 2021년 9월 1일
초판 6쇄 발행일 2023년 11월 27일

지은이 · 최진영

펴낸이 · 정은영
펴낸곳 · (주)자음과모음
출판등록 · 2001년 11월 28일
         제2001-000259호
주소 · 경기도 파주시 회동길 325-20
전화 · 편집부 02) 324-2347
       경영지원부 02) 325-6047
팩스 · 편집부 02) 324-2348
       경영지원부 02) 2648-1311
이메일 · munhak@jamobook.com

ISBN   978-89-544-4754-6 (04810)
       978-89-544-4632-7 (세트)